MINECRAFT
マインクラフト

MOJANG STUDIOS

Original English language edition first published in 2022 under the title
MINECRAFT STONESWORD SAGA: NEW PETS ON THE BLOCK
by HarperCollins Publishers Limited, 1 London Bridge Street, London SE1 9GF and 103
Westerhill Road, Bishopbriggs, Glasgow G64 2QT, United Kingdom.

オンラインでの安全性を確保してください。Farshore／技術評論社は第三者がホスティングしているコンテンツに対して責任を負いません。

本書に記載されたすべての情報は Minecraft: Bedrock Edition に基づいています。

本書に記載された内容は、情報の提供のみを目的としています。したがって、本書を用いた運用は、必ずお客様自身の責任と判断によって行ってください。これらの情報の運用の結果について、技術評論社および著者はいかなる責任も負いません。以上の注意事項をご承諾いただいた上で、本書をご利用願います。これらの注意事項をお読みいただかずに、お問い合わせいただいても、技術評論社および著者は対処しかねます。あらかじめ、ご承知おきください。

MINECRAFT

マインクラフト

ペットをすくえ!

の紹《しょう》介《かい》

登《とう》場《じょう》人《じん》物《ぶつ》

プロローグ

湿地帯《しっちたい》は暗《くら》く、危険《きけん》がいっぱいだ。でも、ジョディはどんどん進《すす》んでいく。にごった水《みず》、黒《くろ》ずんだツタ、汚《きたな》い粘土《ねんど》ぐらいでは、ジョディの足《あし》は止《と》まらない。

いまやるべきなのは、**救《すく》いだす**ことだ。助《たす》けを求《もと》められているのに見《み》すてるなんて、できっこない。

最初《さいしょ》の檻《おり》に、ジョディのカクカクした手《て》が届《とど》いた。そのとたん、ゲートが開《ひら》くと、とらえられていたものが中《なか》から出《で》てくる。

「逃《に》げて。早《はや》く!」ジョディがさけんだ。

ここには檻《おり》がたくさんあり、それぞれちがうものがとらえられている。急《いそ》がなくては。敵《てき》に見《み》つかる前《まえ》に、みんなを逃《に》がさなくちゃ！

すると、モーガンがジョディを止《と》めた。

「ちょっと待《ま》て、ジョディ！　まずは話《はな》しあおう」

ジョディには、話《はな》しあうことなんてなにもなかった。つぎからつぎへと檻《おり》を開《あ》けていく……。

でも、そこまでだった。攻撃《こうげき》が始《はじ》まったのだ。**影《かげ》にひそむ見《み》えない敵《てき》から**、ようしゃないすばやい**一撃《いちげき》が飛《と》んでくる**。

ポーがやられた。

それから、テオとハーパー。

モーガンもやられ、ジョディは敵《てき》の前《まえ》にひとりぼっちになった。

勇気《ゆうき》を出《だ》さなくちゃ。みんながわたしをたよりにしてるんだ。逃《に》げちゃだめ！

けれど、そんな思《おも》いもむなしかった。**勝《か》てない戦《たたか》いだったのだ。**

ひきょうな魔法《まほう》をかけられ、ジョディはくずれ落《お》ちた。

敵《てき》の高笑《たかわら》いが聞《き》こえてきた。この笑《わら》い声《ごえ》が最後《さいご》に聞《き》く音《おと》になってしまうのだろうか……。

第《だい》1章《しょう》

アピールが終《お》わるまで、質問《しつもん》は待《ま》って！
（でも、すきなだけ「おおー」とか「あー」とか声《こえ》を出《だ》してもいいよ）

ジョディ・メルカードには、バトルのためには装備《そうび》がどれだけたいせつかがわかっていた。

ボスのモブと戦《たたか》うとき、ダイヤモンドの防具《ぼうぐ》があればかんたんにはやられない。

火《ひ》の玉《たま》をかわすときには、盾《たて》が役《やく》に立《た》つ。

カボチャのヘルメットを持《も》っていれば、エンダーマンにうまく立《た》ち向《む》かえる。

でも、現実世界《げんじつせかい》でことばを使《つか》って戦《たたか》うときにジョディが身《み》につけ

たのは、お気《き》に入《い》りのワンピースだった。
「見《み》て。動物《どうぶつ》ってかわいいの」そういうと、ジョディは赤《あか》いレーザーポインターをうしろのスクリーンにあてた。そこに映《うつ》しだされた耳《みみ》のたれた子犬《こいぬ》の画像《がぞう》に、みんなの注目《ちゅうもく》が集《あつ》まった。**ポインターのボタンをカチッ**と押《お》すと、子《こ》犬《いぬ》は小《ちい》さな鼻《はな》をしたピンク色《いろ》の子《こ》ネコに変《か》わった。「どんな動物《どうぶつ》だってハグしたい。クモはやだけどね」**カチッ！　カチッ！　カチッ！**　ジョディがボタンを押《お》すと、画像《がぞう》はヤマアラシ、スナネズミ、ヤモリへと変《か》わっていった。
「**この子《こ》たちの顔《かお》を見《み》て！**」ジョディは夢中《むちゅう》だった。アピールすることなどすっかり忘《わす》れていた。

　すると、それを見《み》ていただれかが、オホンとのどを鳴《な》らした。話《わ》題《だい》がそれていることをやんわりと注意《ちゅうい》したのだ。ジョディはわれに返《かえ》って、メモを見《み》た。スピーチの内容《ないよう》がすべて書《か》いてあるメモだ。

　メモを見《み》ながらジョディはこうしめくくった。**「わたしはどんな動《どう》物《ぶつ》も大《だい》すき**。大《だい》すきな気持《きも》ちって、なによりもすばらしいおくりものでしょ？　これで、わたしがペットを飼《か》えるって、わかってくれたよね？　うまくいきますように。はい、おしまい。ごせいちょうありがとうございました」

　拍手《はくしゅ》かっさいが起《お》こった。そのようすを見《み》て、ジョディはにっこり笑《わら》った。

　ここは、エクスカリバー群立《ぐんりつ》図書館《としょかん》（**いいにくいので、みんなは「ストーンソード図書館《としょかん》」と呼《よ》んでいる**）のミーティングルーム。ここに、仲間《なかま》たちが全員集《ぜんいんあつ》まっていた。

ハーパー・ヒューストンは座《すわ》ったまま、歓声《かんせい》を上《あ》げた。数学《すうがく》と理科《りか》が大得意《だいとくい》なハーパーは、ジョディが動物《どうぶつ》についてアピールするための機器《きき》をサポートしてくれた。**まるでマインクラフトの世界《せかい》から持《も》ってきたみたいに**ユニークなレーザーポインターは、ハーパーがつくったものだ。

ポー・チェンは大《おお》さわぎしていた。お調子者《ちょうしもの》だけど、いつでも友《とも》だち思《おも》いのポーは、ジョディがスピーチしているあいだ、そのジョークにだれよりも大《おお》きな声《こえ》で笑《わら》って、もりあげてくれた。

テオ・グレイソンは礼儀正《れいぎただ》しく拍手《はくしゅ》をした。テオはコンピューターが得意《とくい》。動物《どうぶつ》が大《だい》すきかどうかわからないが、テオ

は、ジョディがスライドで使《つか》う画像《がぞう》をすべてダウンロードしてくれた。

アッシュ・カプーアも静《しず》かに手《て》をたたいて、ほめたたえた。アッシュはちがう町《まち》に住《す》んでいるのでその場《ば》にはいなかったが、テオのノートパソコンのビデオ通話《つうわ》で、ジョディがアピールする姿《すがた》を見《み》ていた。アッシュの笑顔《えがお》は画面上《がめんじょう》でかがやいている。

クラスで飼《か》っているハムスター、スイートチークス男爵《だんしゃく》でさえ、ジョディをじっと見《み》ていた。男爵《だんしゃく》は声援《せいえん》を送《おく》ることこそできないが、ジョディの心《こころ》の支《ささ》えだ。

モーガン・メルカードだけは、ようすがちがった。拍手《はくしゅ》はしたものの、首《くび》をかしげ、なにやら考《かんが》えている。兄《あに》のことをよく知《し》っているジョディには、モーガンがほかの仲間《なかま》のように乗《の》り気《き》ではないのがわかった。

モーガンはなにが気《き》になるのだろう？　どんな動物《どうぶつ》でも、ジョディが家《いえ》に連《つ》れてきさえすれば、モーガンもハグできるのに。

きっとマインクラフトのことを考《かんが》えてるんだ。おにいちゃんはいつもそうなんだから！

「じゃあ、みんなはどう思《おも》った？　これで、**わたしがペットのめんどうを見《み》られる**って、パパとママを説得《せっとく》できると思《おも》う？」ジョディがたずねた。

「ぜったいだいじょうぶよ。とってもわかりやすかったもの」アッシュの声《こえ》がノートパソコンのスピーカーから聞《き》こえてきた。

ハーパーが続《つづ》いた。「地球《ちきゅう》にやさしいうんち袋《ぶくろ》を使《つか》うのは、いい感《かん》じだったわね」

「ちょっとちょっと、ハーパー！　『**うんち**』が『**いい感《かん》じ**』はないだろう？」ポーが鼻《はな》をつまんでそういうと、ハーパーと2人《ふたり》で笑《わら》った。

すると、**テオが手《て》をあげた。**「『**動物**《どうぶつ》』じゃなくて『**脊椎動物**《せきついどうぶつ》』っていったほうがよくないかな。ジョディが使《つか》った画像《がぞう》はぜんぶ、脊《せき》椎《つい》のある動物《どうぶつ》だったからね。それに、コオロギやミミズをペットにしたくはないだろ？」ハーパーが、よしなさいよといわんばかりに、テオをひじでつついた。テオはあわててつけくわえた。「でも、それ以外《いがい》はよかったと思《おも》うよ！」

ジョディの胸《むね》は喜《よろこ》びと**期待**《きたい》でふくらんだ。ずっとペットを飼《か》いたかったのに、両親《りょうしん》が許《ゆる》してくれなかった。ペットを飼《か》うには早《はや》すぎる、もっと大《おお》きくなるまで待《ま》ちなさい、といつもいわれてきたのだ。

それならと、ジョディはあることを心《こころ》に決《き》めた。そして、ようやくいまそのときがきた。もう大《おお》きくなったし、めんどうも見《み》られる！今日《きょう》の夕食後《ゆうしょくご》に、いまのスピーチみたいに両親《りょうしん》を説得《せっとく》すれば、ペッ

脊椎動物《せきついどうぶつ》
魚《さかな》や両生類《りょうせいるい》、は虫類《ちゅうるい》、哺乳類《ほにゅうるい》など、脊椎《せきつい》（背《せ》骨《ぼね》）を持《も》つ動物《どうぶつ》のこと。

トを飼《か》うのをきっと許《ゆる》してくれるはず。
ジョディはそう信《しん》じていた。
でも、モーガンは顔《かお》をしかめている。**ジョディの胸《むね》に、暗《くら》い雲《くも》が立《た》ちこめた。**

第《だい》2章《しょう》

オーバーワールドの動物《どうぶつ》たち！　そのかわいさにはかなわない。

つぎの日《ひ》、みんなはまた図書館《としょかん》に集《あつ》まった。だけど、今度《こんど》はミーティングルームには行《い》かない。まず受付《うけつけ》で特別《とくべつ》なＶＲゴーグルセットを借《か》りた。ゴーグルを手《て》にすると、体《からだ》じゅうに電気《でんき》が走《はし》るみたいにわくわくしてくる。モーガンはゴーグルをぎゅっとにぎりしめると、みんなを連《つ》れて図書館《としょかん》の奥《おく》まで進《すす》んだ。そこには、ネットワーク接続《せつぞく》されたコンピューターが並《なら》んでいる。

このコンピューターを使《つか》えば、みんなでいっしょにマインクラフトができる。

さらに、このVRゴーグルがあれば、マインクラフトの世界《せかい》で生《い》きられる。

どうしてこのゴーグルを使《つか》うと、**大《だい》すきなゲームの世界《せかい》に**入《はい》れるのだろう？　モーガンにはいくら考《かんが》えてもわからなかった。理科《りか》のドク・カルペッパー先生《せんせい》がこのゴーグルに**なにか**をして、すごいものになったにちがいない。ドクが実験《じっけん》をすると、たいていとんでもないことが起《お》きる。でも、このゴーグルだけはとてもうまくいっている。けっきょく、モーガンはゴーグルの**しくみ**について気《き》にするのをやめた。ちゃんと動《うご》くならそれでいい。

モーガンは席《せき》につくと、ゲームを起動《きどう》させ、ゴーグルを装着《そうちゃく》した。

つぎの瞬間《しゅんかん》、モーガンはシンプルな長方形《ちょうほうけい》の家《いえ》の中《なか》に立《た》っていた。ベッドを5台《だい》、作業台《さぎょうだい》、かまど、アイテムを入《い》れておくチェストが置《お》けるくらいの広《ひろ》さの家《いえ》だ。**ボタンで開《あ》け閉《し》めできる鉄《てつ》のドアが1枚《まい》あり、石《いし》のかべにはたいまつが2本設置《ほんせっち》されている。**

この建物《たてもの》は、自分《じぶん》たちの家《いえ》のように居心地《いごこち》よくつくったわけではない。というのも、ここに長《なが》くとどまるわけではないからだ。仲間《なかま》たちはずっと、マインクラフトの世界《せかい》の奥《おく》まで探検《たんけん》を続《つづ》けている。そしていま、やるべきこともある。

「よし、始《はじ》めよう」かべのボタンを押《お》すと、ドアが開《ひら》いた。モーガンが外《そと》に出《で》る。オーバーワールドはすっきりと晴《は》れわたっている。

モーガンは思《おも》わず笑顔《えがお》になったが……空《そら》を見上《みあ》げると、すぐに顔《かお》をしかめた。**はるか頭上《ずじょう》に、キズがはっきりと見《み》えた。**まるでだれかが明《あか》るい青空《あおぞら》をつかんで……**引《ひ》きさいた**みたいだ。

ハーパーも外《そと》に出《で》てきた。「あのキズがなんなのか、ちゃんと調《しら》べなくちゃ。**まちがいなく、どんどん大《おお》きくなってるわ**」

テオはそのキズをじっと見《み》つめた。それから、ハーパーのほうを向《む》き、そのとおりだというようにうなずいた。「**たしかに、**どんどん大《おお》きくなってるね」

「ひとつずつやっていこう。まずやらなくちゃいけないのは、つぎの一部分《いちぶぶん》を探《さが》し――」

モーガンがいいおわらないうちに、ジョディがいきなり家《いえ》から飛《と》びだしてきた。全速力《ぜんそくりょく》で走《はし》りながら大声《おおごえ》をはりあげている。「あのウサギ

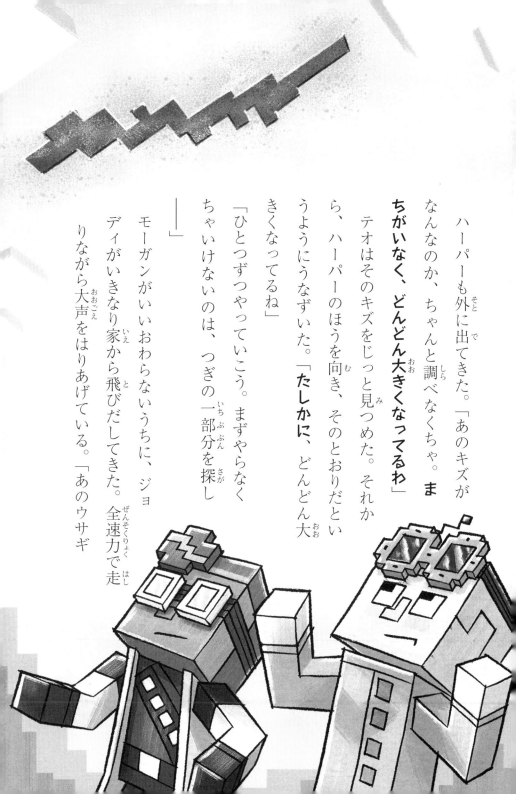

を見《み》て！　**あのウサギをペットにしたいの！**」

ところが、ウサギのほうはペットになどされたくなさそうで、ぴょんぴょんはねて、丘《おか》の向《む》こうに行《い》ってしまった。

ジョディはウサギを追《お》いかけず、今度《こんど》はウシに目《め》をとめた。それから、羊《ひつじ》、つぎはブタ。そして、動物《どうぶつ》たちをなんとかペットにしようと、草原《そうげん》の上《うえ》で追《お》いかけまわした。どう見《み》ても、ジョディは「やるべきこと」などそっちのけだ。

「現実世界《げんじつせかい》では、子《こ》ブタを飼《か》おうかなあ」ジョディはいった。

そのことばに、ポーが笑《わら》い声《ごえ》を上《あ》げた。今日《きょう》のポーのアバターにはとくに工夫《くふう》が見《み》られる。みんなと同《おな》じよう

にカクカクしてはいるが、全身《ぜんしん》に細《こま》かくピクセルを配置《はいち》して、**ふわふわ**に見《み》えるからだ。モーガンは、「雲《くも》みたいだな、それとも羊《ひつじ》？」と考《かんが》えた。けっきょく、なんなのかはよくわからなかった。**ポーはたくさんスキンを持《も》っているので、**ずっと同《おな》じかっこうをするわけではなく、**しょっちゅうスキンを変《か》えるのだ。**

「ニワトリを飼《か》うのもいいかも！」ジョディはそういうと、めんどりをぽんぽんたたいた。めんどりはパタパタと羽《は》ばたき、コッコッと鳴《な》いた。

「うまく説得《せっとく》できたんだね」とポー。

ジョディはにっこり笑《わら》った。アバターの姿《すがた》でもうれしそうだ。「大《だい》成功《せいこう》！」

「じゃあ、両親《りょうしん》は許《ゆる》してくれたの？」テオがたずねた。

「『ようすを見《み》よう』って。それって、『いいよ』っていったのと同《おな》じだよね」ジョディはウマのまわりをぐるぐる走《はし》りながら、そう返《へん》事《じ》をした。

するると、**モーガンがあいまいな表情《ひょうじょう》のまま、**口《くち》をはさんだ。「まだ、そんなに期待《きたい》しないほうがいいぞ」

「**もう期待《きたい》しちゃってるもん！**」ジョディはキャッキャッと笑《わら》いながら、湖《みずうみ》をのぞきこんだ。ウーパールーパーを探《さが》しているようだ。ウーパールーパーは地下《ちか》の奥深《おくふか》くでしか見《み》つからないのを知《し》っているはずなのに……モーガンはあきれた顔《かお》をした。

「モーガン、どうしたんだよ？　**そんなに悪《わる》いほうに考《かんが》えるなんて**」

ポーがこっそり話《はな》しかけた。

「ポーのいうとおりよ。もうちょっとジョディの力《ちから》になってあげてよ」ハーパーもちくりといった。

ジョディに聞《き》かれていないのをたしかめてから、モーガンは首《くび》を振《ふ》った。「みんなにはわからないんだよ。ジョディが説得《せっとく》してるときのパパとママの顔《かお》を見《み》てないから。どう見《み》ても、ペットを飼《か》うのに**賛成《さんせい》してなかった**んだ。それに、いつから『ようすを見《み》よう』が『いいよ』って意味《いみ》になったんだよ？」

「モーガンのいうこともわかるなあ。**ぼくの経験《けいけん》では、親《おや》が『ようすを見《み》よう』っていうときは、『100万年《まんねん》くらい待《ま》ちなさい』って意味《いみ》だね**」

「そうなんだ」とモーガン。

「でも、ジョディはあんなにうれしそうなんだぞ。**なにかできることはないのかい？**」ポーがたずねた。

「ぼくに？」モーガンが聞《き》きかえす。

「両親《りょうしん》に考《かんが》えなおしてもらうのはどう？　ジョディができなくても……**モーガンなら、**ジョディでもペットを飼《か》えるって説得《せっとく》できるか

もしれないじゃない」とハーパー。

「そうかもしれないけど……」モーガンはあいまいに答《こた》えた。

テオはカクカクしたあごをなでながら、モーガンをじっと見《み》つめた。「ねえ、モーガン……モーガンは、ジョディがペットを飼《か》えるって思《おも》ってるの？」

モーガンはことばにつまった。どう答《こた》えたらいいのか、わからなかったのだ。

「ねえ、みんな！　だれか骨《ほね》を持《も》ってない？　**木《き》のそばにいるオオカミにえさをあげたいの**」

モーガンは、ジョディが声《こえ》をかけてくれて

助《たす》かった、と思《おも》った。

「なんて偶然《ぐうぜん》なんだ。今日《きょう》、ぼくのアバターのスキンはオオカミなんだよ」ポーはくるりと回《まわ》って、みんなにスキンを見《み》せた。

「え、そうだったの？　羊《ひつじ》だとばかり思《おも》ってたよ」テオはあきれた顔《かお》をした。

「へへっ！　それがぼくのねらいなんだ。実《じつ》は羊《ひつじ》の皮《かわ》をかぶったオオカミなんだよ」

「ってことは……羊《ひつじ》の皮《かわ》をかぶった……オオカミの皮《かわ》をかぶった、ポーってこと？」

「そーんな感《かん》じ」ポーは笑《わら》った。

「骨《ほね》があるか、持《も》ち物《もの》を見《み》てみるわね。たしか1本《ぽん》あったはず」とハーパー。

モーガンはジョディの肩《かた》ごしに遠《とお》くにいる

オオカミのほうを見《み》た。オオカミは森林《しんりん》のすぐそばに立《た》っている。

ジョディは、オオカミに骨《ほね》をあげて手《て》なずけたいのだろう。

モーガンはジョディにたずねた。「本気《ほんき》なのか？　デジタルのオオカミでも責任重大《せきにんじゅうだい》なんだぞ。**えさをあげて、溶岩《ようがん》にテレポートしないよう気《き》をつけないとだめなんだ**」

ジョディはハーパーからもらった骨《ほね》をぶんぶんと振《ふ》りまわした。

「本気《ほんき》に決《き》まってるでしょ！　溶岩《ようがん》になんて、行《い》かせないから」

ジョディはオオカミのところまで走《はし》っていき、みんなもついていく。ジョディが骨《ほね》をさし出《だ》すと、オオカミはそれをくわえた。だが、いっこうに頭《あたま》に小《ちい》さな赤《あか》いハートがあらわれない……手《て》なずけることができなかったのだ。

「**1本《ぽん》じゃだめなこともあるから、**もう一度《いちど》やってみなよ」テオがアドバイスする。

ハーパーが首《くび》を振《ふ》った。「もう骨《ほね》がないの。ごめんね、ジョディ」「だいじょうぶだよ。きっとロボ・ジョーはここで自由《じゆう》にしていたいんだよ！」

ジョディがロボ・ジョーと名《な》づけたそのオオカミはくるりと向《む》きを変《か》え、草原《そうげん》を歩《ある》いていき、見《み》えなくなった。いや、実際《じっさい》には、オオカミは**突**然《とつぜん》消《き》えてしまったのだ。ハーパーははっとした。「オオカミはどこに行《い》ったの？」

「ロボ・ジョー？　どうしたの？」ジョディが声《こえ》をかける。仲間《なかま》たちはオオカミが歩《ある》いていったほうに走《はし》りだした。

「ストップ！」モーガンが両《りょう》うでを広《ひろ》げた。みんなはモーガンのすぐうしろで急《きゅう》ブレーキをかけた。モーガンの目《め》の前《まえ》には大《おお》きな穴《あな》があった。あやうく落《お》っこちるところだったのだ。

穴《あな》の中《なか》は動物《どうぶつ》でいっぱいだった。ロボ・ジョーだけでなく、ヤマネコやニワトリもいる。**何頭《なんとう》かの動物《どうぶつ》たちがオオカミを心配《しんぱい》そうに見《み》つめている。だが、動物《どうぶつ》たちは、このおかしな状況《じょうきょう》がよくわかっていないようで、少《すく》なくともいまのところは落《お》ちついて見《み》えた。**

「かわいそうに。穴《あな》に落《お》っこちたんだよ。助《たす》けてあげなくちゃ」とジョディ。

「土《つち》で階段《かいだん》をつくってあげれば、上《のぼ》ってこられるんじゃない？」ハーパーが提案《ていあん》する。

「このあいだ、怒《おこ》ったウサギの群《む》れを落《お》とし穴《あな》に追《お》いこんだのを思《おも》い出《だ》すなあ。あれ

は楽《たの》しかったね！」しみじみとそういうと、ポーは持《も》ち物《もの》からツルハシを取《と》りだした。

モーガンはうなずいた。そのとおりだ。たぶん、ポーは自分《じぶん》のいったことの意味《いみ》に気《き》がついていないけど。

そのときと同《おな》じように、**これは落《お》とし穴《あな》だ**。

マインクラフトの地面《じめん》にだれかが穴《あな》を掘《ほ》り、動物《どうぶつ》たちをわなにかけたんだ！

第《だい》3章《しょう》

穴《あな》から抜《ぬ》けでて、湿地帯《しっちたい》に！
（お願《ねが》いだから、ほかの案《あん》にしようよ）

ジョディはめったに怒《おこ》らない。でも、モーガンが思《おも》ったことを伝《つた》えると、ジョディはカンカンになった。

「だれかがわなをしかけたってこと？　**でも……でも、いったいどうしてこの子《こ》たちをつかまえようとするわけ？**」ジョディは興奮《こうふん》したようすで、首《くび》を振《ふ》った。

助《たす》けたばかりのニワトリがコッコッと鳴《な》きながら、足早《あしばや》に通《とお》りすぎていった。まるで「ありがとう」とお礼《れい》をいっているようだ。

「だれのしわざかもどうしてかも、わからないよ。ただ、この穴《あな》は

不自然《ふしぜん》に見《み》える。ふちの部分《ぶぶん》の土《つち》のブロックがぼろぼろになってるからね」とモーガン。

「クリーパーが爆発《ばくはつ》したんだろ。**きっと**、ただそれだけのことだよ」

テオがいった。

「そうかもしれない」そういったものの、モーガンは納得《なっとく》していないようだ。なにかおかしなことが起《お》きている。モーガンは直感《ちょっかん》でそう思《おも》っていたからだ。

そのとき、チョウチョウが目《め》に入《はい》った。

マインクラフトの世《せ》界《かい》には、ふつうチョウチョウはいない。それなのに、ここにはいる。み

んながＶＲゴーグルをつけてゲームにアクセスすると、そのマインクラフトの世界《せかい》はどこかがちがう……というか、かなり変《か》わっていたのだ。

これまで、なによりもおかしかったのはエヴォーカー・キングだろう。マインクラフトの世界《せかい》にいた人工知能《じんこうちのう》、エヴォーカー・キングは敵《てき》としてみんなの前《まえ》にあらわれたが、やがて友《とも》だちになり……そして、ふしぎな変身《へんしん》をしてしまった。どうやら**エヴォーカー・キングは6種類《しゅるい》のモブに分《わ》かれ**、それぞれがエヴォーカー・キングのプログラムと性格《せいかく》をそなえているようだ。

そのモブたちがいるところでは、通常《つうじょう》のマインクラフトにはぜったいにいないチョウチョウをよく見《み》かけた。

「いまの見《み》たか？　チョウが飛《と》んでいったぞ！　追《お》いかけなくちゃ」

モーガンがいった。

「えっ？　だめだよ！　この子《こ》たちをわなにかけたやつを見《み》つけなくっちゃ」ジョディが反対《はんたい》する。

「ジョディ」モーガンが〝兄《あに》〟らしいまじめな声《こえ》でいった。「あのチョウを追《お》っていけば、つぎのエヴォーカー・キングの一部分《いちぶぶん》にたどり着《つ》けるかもしれない。**それがいまやるべきことだろ。忘《わす》れたのか？**」

「それがいちばん大事《だいじ》なことよ。エヴォーカー・キングは友《とも》だちで、もとどおりになれるかどうかは、わたしたちにかかってるんだから」ハーパーがつけくわえた。

「**わたしだってエヴォーカー・キングを助《たす》けたいよ**。ほんとだよ！　でも、この動物《どうぶつ》たちも助《たす》けたいの」ジョディ

がいいかえす。

「なんとかして、両方同時《りょうほうどうじ》にできないかなあ」ポーが口《くち》をはさんだ。

「2つのことを同時《どうじ》にはできないよ」モーガンはむっとした顔《かお》だ。「この前《まえ》、ジョディは責任《せきにん》を果《は》たせるってスピーチしてたけど、いまやるべきことをおろそかにするなんて、無責任《むせきにん》じゃないか？」

マインクラフトのアバターの目《め》でレーザーが撃《う》てればいいのに。**そうしたら、いますぐおにいちゃんの顔《かお》にレーザー光線《こうせん》を思いきりぶつけてやりたい**。でも、そんなことはできない。しかたなく、ジョディはモーガンをにらみつけた。

「みんな、そういうのはやめようよ。けんかとか、やなんだけど――」とテオ。

そこに、ハーパーが割《わ》って入《はい》った。「チョウチョウを見《み》うしないそうよ。追《お》いかけるの？　追《お》いかけないの？」

ジョディはため息《いき》をついた。「わかったよ。でも、だれか、地図《ちず》のこの場所《ばしょ》にしるしをつけておいて。**なぞはまだ解決《かいけつ》してないんだからね**」

ジョディの声《こえ》からはイライラした気持《きも》ちがにじみ出《で》ていた。

チョウは森《もり》の木々《きぎ》のあいだをパタパタと飛《と》んでいた。モーガンは何度《なんど》もチョウチョウを見《み》うしないそうになった。太陽《たいよう》が空高《そらたか》くのぼっているため、濃《こ》い葉《は》っぱの影《かげ》が落《お》ち、見《み》にくかったのだ。でも、５人《にん》とも目《め》をはなさないようにしていたので、なんとかチョウのあとを追《お》いかけることができた。

うまくいきますように、とモーガンは願《ねが》った。ジョディは穴《あな》にいた動物《どうぶつ》たちを気《き》にしていた。そうしたジョディのやさしさと思《おも》いやりにモーガンは感心《かんしん》した。だが、いまはなによりもエヴォーカー・キングをもとにもどしたい。

みんなはチョウを追《お》いかけているうちに、森《もり》を抜《ぬ》け、浅《あさ》い水《みず》におおわれた暗《くら》いバイオームに入《はい》っていった。

「**湿地帯《しっちたい》だ**」ポーは顔《かお》をしかめて、水《みず》

たまりから足《あし》を引《ひ》きぬいた。

「なんだか、ぶきみ」ジョディがそういうと、モーガンもうなずいた。湿地帯《しっちたい》では、樫《かし》の木《き》から黒《くろ》っぽいツタがたれ下《さ》がり、水《みず》は青《あお》くなく、にごった緑色《みどりいろ》をしている。

「ほかのバイオームと変《か》わらないよ。暗《くら》い感《かん》じに見《み》えるようプログラムされているだけさ」とテオ。

「それに、ここにしかない資源《しげん》もあるし」ハーパーが口《くち》をはさんだ。「水面《すいめん》にスイレンの葉《は》があるでしょ？　これって湿地帯《しっちたい》にしかないのよ」

ポーはオオカミのような鼻《はな》をふんと鳴《な》らした。「ぼくはこの水《みず》には**入《はい》らないぞ**」

「ヒスイランも湿地帯《しっちたい》にしかないよ」テオは明《あか》るい青色《あおいろ》の花《はな》をつんで、ハーパーにわたした。ハーパーは照《て》れ笑《わら》いを浮《う》かべながら、その花《はな》を受《う》けとった。

　その2人《ふたり》を見《み》て、ポーはまた顔《かお》をしかめた。

「ねえ、見《み》て！　あそこにだれかがつくった家《いえ》があるよ」ジョディがいった。

モーガンが目《め》を向《む》けると、そこには木《き》の箱《はこ》のようなものがあった。水《みず》の上《うえ》に建《た》てられたその家《いえ》は、木《き》でできた4本《ほん》の支柱《しちゅう》のようなものでぬかるみの上《うえ》に支《ささ》えられている。

「あれは家《いえ》じゃない。**沼地《ぬまち》の小屋《こや》だ**」モーガンが小《ちい》さな声《こえ》でいう。

「なるほど。でも、どうして小《ちい》さな声《こえ》で話《はな》すの？」ポーもささやくように返《かえ》した。

「沼地《ぬまち》の小屋《こや》にはべつの名前《なまえ》がある。**ウィッチの小屋《こや》**っていうんだ」

モーガンがそういったとたん、**小屋《こや》の窓《まど》の奥《おく》でなにかが動《うご》いているのが見《み》えた**。「中《なか》にだれかいるぞ」

「それがどうしたの？　ウィッチなんてどうにかなるだろ？」とポー。

「ふつうのウィッチならね。でも、見《み》てくれ」

モーガンは小屋《こや》の屋根《やね》をさした。**屋根《やね》の上《うえ》にチョウチョウが止《と》まっている。**

ハーパーははっとした。「もしかして、小屋《こや》の中《なか》にいるモブは、わたしたちが探《さが》してるエヴォーカー・キングから分《わ》かれたうちの1体《たい》なの？」

そのことばに、モーガンはうなずいた。「たぶんね。もし、いままでの2体《たい》と同《おな》じようだとしたら、ふつうのモブよりずっと危険《きけん》だ。**物音《ものおと》を立《た》てないように……注意《ちゅうい》して……**待《ま》てよ」モーガンはあたりを見《み》まわした。「ジョディはどこだ？」

「**あちゃー！**」ポーが向《む》こうをさした。

ジョディは浅《あさ》い水《みず》の上《うえ》を、しぶきを上《あ》げて全速力《ぜんそくりょく》で走《はし》っていた。

かくれようとも、音《おと》を立《た》てないようにともしていない。

ジョディはウィッチの小屋《こや》にまっすぐ向《む》かっていた。

第《だい》4章《しょう》

動物園《どうぶつえん》にようこそ！
パンダを見《み》にきてね。ずっとここに……

ジョディにも危険《きけん》なことだとわかっていた。**支柱《しちゅう》の上《うえ》にあるぶきみな家《いえ》は、どう見《み》ても行《い》きたくなるような場所《ばしょ》じゃない。**けれども、水《みず》しぶきを上《あ》げて走《はし》るジョディには、小屋《こや》のことなどどうでもよかった。**そのうしろに**見《み》たもののことを考《かんが》えていたのだ。

「**ジョディ！**　なにやってるんだ？」モーガンは大声《おおごえ》を上《あ》げ、すぐにジョディを追《お》いかけた。みんなもそのあとに続《つづ》く。

「助《たす》けるの。**あの子《こ》たちを**助《たす》けるのよ！」とジョディ。

ジョディはかわいた地面《じめん》の上《うえ》に乗《の》った。ウィッチの小屋《こや》まであと少《すこ》し。そこには柵《さく》がわりの檻《おり》があった。檻《おり》は、小屋《こや》と同《おな》じトウヒと樫《かし》でできている。**檻《おり》の中《なか》には、ジョディがいままでマインクラフトで目《め》にしてきた、ありとあらゆる動物《どうぶつ》がとらえられていた。**

「うわあ、動物《どうぶつ》をぜんぶ調《しら》べてみようよ」そういうと、ポーはすぐ近《ちか》くにある檻《おり》の格子《こうし》のあいだから中《なか》をのぞいた。「これってパンダ？　マインクラフトに**パンダがいるなんて、**すっかり忘《わす》れてた」

モーガンもやってきて、のぞきこんだ。「**パンダはジャングルにしかスポーンしないんだ。**檻《おり》の中《なか》がジャングルのバイオームみたいに見《み》えないか？　竹《たけ》が生《は》えてる。こんなこと、湿地帯《しっちたい》では起《お》こらないのに」モーガンはまゆをひそめた。

ハーパーがべつの檻《おり》をさした。「あそこにはカメの檻《おり》があるわよ。中《なか》は砂《すな》と水《みず》でいっぱいで、まるで小《ちい》さなビーチみたい」

「それぞれの動物《どうぶつ》が生息《せいそく》するバイオームをだれかが再現《さいげん》したんだ。

向《む》こうには水《すい》そうもある。**いろんな魚《さかな》だらけだ**」とテオ。

「このパンダなんてまだ赤《あか》ちゃんだよ。とっても悲《かな》しそうな顔《かお》してる！」ジョディがいった。

「ジョディがそう思《おも》うだけだろ。悲《かな》しいはずがないさ。本物《ほんもの》のパンダじゃないんだから」テオがいいかえした。

ジョディがテオに反論《はんろん》しようとすると、パンダがくしゃみをした。

すると、ねばねばしたスライムがそばに落《お》ちた。

「なるほど。どうやら、かわいいと汚《きたな》らしいは両立《りょうりつ》するんだね」とポー。

ハーパーがにやりと笑《わら》って、スライムボールをひろった。「ポーは知《し》らないだろうけど、スライムボールは役《やく》に立《た》つのよ」

「ハーパー！」羊《ひつじ》オオカミのスキンを着《き》たポーが**ぞっとするような**さけび声《ごえ》を上《あ》げた。「シンクのつくり方《かた》は知《し》ってるんだろうね？　す

ぐに手《て》を洗《あら》わないと！」
「ちょっとくらいなら平気《へいき》よ」そういうと、ハーパーはポーに向《む》かって手《て》を振《ふ》った。
ポーはキャーキャーとさわいでいたが、モーガンはなにやら考《かんが》えこみ、しばらくすると口《くち》を開《ひら》いた。「これは動物園《どうぶつえん》だ。でも、だれが、なんのためにつくったんだろう？」
「**こんなの動物園《どうぶつえん》じゃない**。刑務所《けいむしょ》だよ！　だれがつくったのか知《し》らないけど、ぜったいに、動物《どうぶつ》たちをわなにかけたのと同《おな》じやつのしわざだ」

怒《おこ》ったジョディは地面《じめん》をドンドンと踏《ふ》みならす。「こんなのひどい。許《ゆる》せない。みんなを逃《に》がしてあげよう」

「ちょっと待《ま》てよ」とモーガン。

聞《き》く耳《みみ》を持《も》たないジョディは、いきおいよくゲートを開《あ》けた。砂利《じゃり》だらけの山《やま》が再現《さいげん》された檻《おり》からヤギが出《で》てきた。「**もうだいじょうぶ！**　さあ、すぐに逃《に》げて！」ヤギはメェーと鳴《な》くと、さっさと湿地帯《しっちたい》に入《はい》っていった。

ジョディは並《なら》んだ檻《おり》の前《まえ》まで走《はし》っていき、つぎからつぎへとゲートを開《あ》けていった。

「**ちょっと待《ま》て、ジョディ！**　まずは話《はな》しあおう」モーガンが声《こえ》をかけた。

そのとき、ヒャヒャヒャヒャという笑《わら》い声《ごえ》が聞《き》こえてきて、ジョディは立《た》ちどまった。笑《わら》い声《ごえ》は開《あ》けたばかりの檻《おり》の中《なか》から聞《き》こえてくる。

そこでは、カラフルな鳥《とり》が丸太《まるた》の上《うえ》に止《と》まっていた。

「そのオウムがぼくらを笑《わら》ってんの？」とポー。

「どういうこと？　どうなってるの？」ジョディがたずねる。

心配《しんぱい》そうな顔《かお》をしたモーガンが答《こた》えた。「うーん……オウムは近《ちか》くにいるモブによって鳴《な》き声《ごえ》が変《か》わるんだ。クリーパーが近《ちか》くにいるとシャーって鳴《な》く。ゾンビがいると、グルルルって鳴《な》く。この笑《わら》い声《ごえ》は……まるで……」

「なに？」とジョディ。

「ウィッチみたいだ」

ジョディは振《ふ》りむいて小屋《こや》のそばを見《み》た。すると、開《ひら》いたドア

からぶきみな影《かげ》がぬっとあらわれたのだ。とんがり帽子《ぼうし》をかぶり、黒《くろ》いマントを着《き》て、ぎらぎらした緑色《みどりいろ》の目《め》でこちらを見《み》ている。

ウィッチだ。その邪悪《じゃあく》な笑《わら》い声《ごえ》を聞《き》くと、ジョディはふるえあがった。

いきなり、ウィッチが攻撃《こうげき》してきた。

最初《さいしょ》にやられたのはポーだ。剣《けん》を抜《ぬ》く間《ま》もなく、ポーの四角《しかく》い背中《せなか》にポーションがあたった。ダメージを受《う》けたポーは赤《あか》く光《ひか》り、たおれこんだ。

たった一撃《いちげき》で、ポーは戦《たたか》えなくなってしまった。

「**攻撃《こうげき》されてる！**」そうさけんで、ハーパーが矢《や》を放《はな》つ。矢《や》は木《き》の小屋《こや》に**グサッと**ささった。

テオが剣《けん》をにぎりしめていった。「ウィッチはどこに行《い》ったんだ？たったいま、そこにいたのに」

「うしろだ！」モーガンが大声《おおごえ》で伝《つた》えたものの、一瞬遅《いっしゅんおそ》かった。ものかげから飛《と》びだしてきたウィッチが、テオとハーパーにポーションをぶつけたのだ。２人《ふたり》はひざからくずれ落《お》ちた。**ウィッチはふたたび、湿地帯《しっちたい》のぶきみな暗《くら》がりに姿《すがた》を消《け》した。**

「**あのウィッチは速《はや》すぎる。**あんなふうに、あんな速《はや》さで**動《うご》ける**はずないのに。ふつうのモブじゃないぞ」とモーガン。

ジョディはモーガンとしっかり背中《せなか》を合《あ》わせた。「目《め》をはなさなければいいのよ、おにいちゃん。**ウィッチはこっそりとは近《ちか》づいてこられないから**」

２人《ふたり》は背中《せなか》を合《あ》わせたまま、ゆっくりと回《まわ》った。湿地帯《しっちたい》をじっと見《み》つめ、そこにあるおかしな動物園《どうぶつえん》の通路《つうろ》を見下《みお》ろした。

ところが、ウィッチの笑《わら》い声《ごえ》が聞《き》こえて

きたのは、2人《ふたり》が向《む》いている方向《ほうこう》からではなかった。上《うえ》からだった。ジョディが見上《みあ》げると、すぐそばの檻《おり》の上《うえ》から、ウィッチがこちらをじっと見《み》ていた。ウィッチは2人《ふたり》に向《む》かってフラスコを投《な》げてきた。フラスコはモーガンにぶつかり、**にごった液体《えきたい》が飛《と》びちった。**

立《た》っているのはジョディひとりだけだ。ジョディは剣《けん》と盾《たて》をかまえた。「あんたなんてこわくないんだから。動物《どうぶつ》たちはわたしが守《まも》る」

「そんなことはさせない、ファファァ」ぶきみな高《たか》い声《こえ》を出《だ》しながら、ウィッチはあとずさると、暗闇《くらやみ》の中《なか》に消《き》えた。

ジョディはモーガンのほうを向《む》いた。「**だいじょうぶ?**」するとまた、ウィッチのかん高《だか》い声《こえ》が、ジョディの真《ま》うしろから聞《き》こえた。「させないぞ、ファァー!」

ジョディは、スプラッシュポーションが背中《せなか》にあたったのがわかった。痛《いた》くはなかったが……すぐにおかしなことが起《お》こった。突然《とつぜん》、

ぐったりした。力《ちから》がまったく出《で》ない。ジョディはひざからくずれ、立《た》ちあがる気力《きりょく》すらなかった。

「な……なにこれ？」とジョディ。

「**病気《びょうき》みたいなものだよ**」そばにいるモーガンが答《こた》えた。

檻《おり》の上《うえ》に立《た》っているウィッチが勝利《しょうり》の笑《わら》い声《ごえ》を上《あ》げた。「おまえたちは呪《のろ》われた。もとにもどしてやろうか、ファ、わたしなら、もとにもどせるぞ」とぎれとぎれで、ときおりのどを鳴《な》らすような音《おと》が混《ま》ざる変《へん》なしゃべり方《かた》だった。

「だったら、すぐにもとにもどしてよ。呪《のろ》いだかまじないだか知《し》らないけど、早《はや》く解《と》いてちょうだい」とハーパー。

「**はらうべきものを、フーン、はらってもらうかね**」ウィッチは、うでを動《うご》かしながら近《ちか》くにやってきた。どう見《み》ても、通常《つうじょう》のマインクラフトのウィッチじゃない。「茶色《ちゃいろ》いムーシュルームを、ここに1頭《とう》、連《つ》れてきて、フフ」

「茶色《ちゃいろ》いウシを……連《つ》れてこいって？　それが、ぼくたちがはらうべきものってこと？」とポー。

「じょうだんじゃないわ。あんたがこれ以上《いじょう》動物《どうぶつ》をつかまえる手伝《てつだ》いなんてしない！」ジョディ

がいいかえす。

「手伝《てつだ》って、フフ、そうしてくれるはずさ。おまえたちに必要《ひつよう》な治《ち》療《りょう》は、フーン、**ムーシュルームから、**ファファ、手《て》に入《はい》るシチュー……」

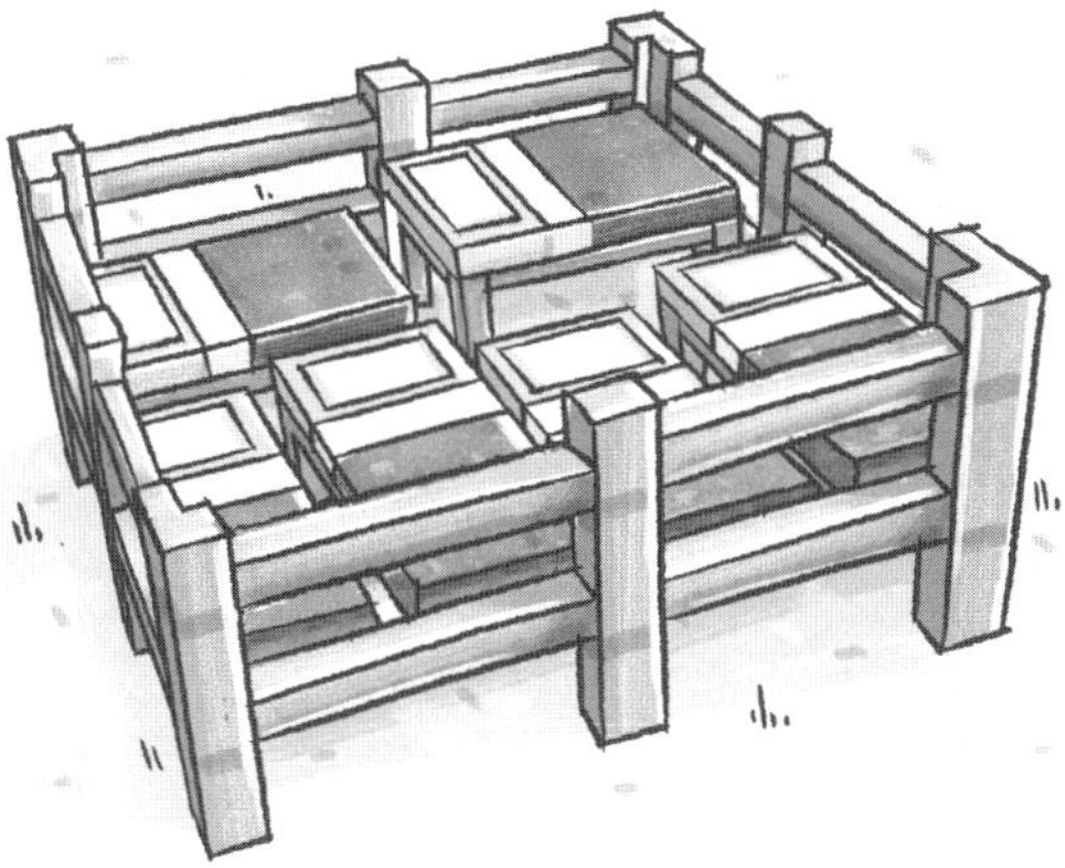

５人《にん》はしーんとなった。ジョディはいいかえして**戦《たたか》いたかった。**でも、はって進《すす》むのがやっとだった。
「**わたしのために探《さが》してくるんだ。**海《うみ》をこえ、フフ、山《やま》をこえて、ファン」そういうと、ウィッチはすぐそばの檻《おり》のゲートを開《あ》けた。中《なか》にはきれいなベッドが並《なら》んでいた。「でもまずは……フーン。休《やす》むこと。ファファファ。ゆっくりおやすみ。**わたしのペットたち**」

第《だい》5章《しょう》
あやしいシチュー。病気《びょうき》のほうがましな治療《ちりょう》？

VRゴーグルを外《はず》すと、テオは寒気《さむけ》がした。図書館《としょかん》のエアコンのせい？　それとも……ウィッチの呪《のろ》い？

テオは首《くび》を振《ふ》った。**現実世界《げんじつせかい》で、ウィッチの魔力《まりょく》の影響《えいきょう》が出《で》るはずがない**。それなのに、テオは心《こころ》からぞっとした。あのウィッチはいままでの敵《てき》とはまるでちがう。

それだけではない。**あのウィッチは、通常《つうじょう》のマインクラフトのウィッチと比《くら》べて、動《うご》きが速《はや》く、ずっとおしゃべりだった**。考《かんが》えられる理由《りゆう》はひとつしかない。これまで出会《であ》ったエンダーモンスター

や心《こころ》をあやつる洞窟《どうくつ》グモと同《おな》じように、あのウィッチもエヴォーカー・キングの一部分《いちぶぶん》なのだ。ということは、ウィッチとは戦《たたか》わないほうがいい。なにか特別《とくべつ》な方法《ほうほう》をとるしかない。

テオがみんなにいった。「ウィッチのいうとおりにするしかないよ。**ムーシュルームを見《み》つけて、ウィッチのところに連《つ》れていくんだ**」

「なんだか大変《たいへん》そうだなあ。でも、もとにもどしてもらわないといけないし」ポーはため息をついた。

「それだけじゃないんだよ。あのウィッチがエヴォーカー・キングからスポーンしたとしたら、ぼくらが敵《てき》じゃないって伝《つた》えないと」とテオ。

ジョディはＶＲゴーグルをにぎりしめた。「ほかの方法《ほうほう》があるはず。あんなひどいことに手《て》を貸《か》すなんてできないよ。動物《どうぶつ》をつかまえるなんて、ぜったいにだめ。かわいそうだよ。**あいつがなにをするつ**

もりか、わかったもんじゃない!?」

「でも、できることはそれほどないぞ。ぼくらはつかまっちゃってるし……それもこれも、**だれかさんがなにも考《かんが》えずにつっこんだからだ**」モーガンがちくりといった。

「**モーガンなんて、**チョウチョウが飛《と》んできたら、いつも逃《に》げだすくせに!」ジョディがいいかえした。

「けんかしてる場合《ばあい》じゃないでしょ! **だれかをせめるんじゃなくて、これからどうするかを考《かんが》えなくちゃ**」ハーパーがたしなめた。

ポーは頭をぽりぽりかいた。「ぼくたちでもとにもどせないかなあ。ウィッチはスープについて、なんていってたっ

け？」

「スープじゃなくてシチューだよ」テオがポーのまちがいを正《ただ》した。

「それにただのシチューじゃない。**あやしいシチューだ**。信《しん》じられないかもしれないけど、ムーシュルームから手《て》に入《はい》るんだよ」モーガンが説明《せつめい》した。

「おいしくなさそうだね。ってことは、ぼくらでもとにもどせるってことじゃない？　ぼくらでその……あやしいシチューを手《て》に入《い》れられれば……ウィッチにムーシュルームをわたさなくてすむよ」とポー。

「自分《じぶん》たちでシチューをつくるのはどう？　**きっとつくれるはずよ**」ハーパーも案《あん》を出《だ》す。

モーガンが首《くび》を振《ふ》った。「情報《じょうほう》が足《た》りないんだ。あやしいシチューは予想《よそう》できないんだよ。プレイヤーに与《あた》える効果《こうか》がいろいろあるから。それに、ムーシュルームからシチューを手《て》に入《い》れても、実際《じっさい》、シチューの効果《こうか》はムーシュルームが食《た》べたもので変《か》わる。だから、ウィッチは治療《ちりょう》の**一部**《いちぶ》についてしか教《おし》えてくれなかったんだ。**ぼくらもあやしいシチューのことはわかるけど、それがどんな種類**《しゅるい》**かまではわからないよ**」モーガンは肩《かた》をすくめた。

「それじゃどうしようもないわね」ウィッチのいうとおりにするしかないわ」とハーパー。

「口《くち》でいうのはかんたんだって、よくいうけどね。茶色《ちゃいろ》いムーシュルームは**ものすごくレアだ**。赤《あか》いムーシュルームよりもずっとレアなんだ」とテオ。

「繁殖《はんしょく》させるのはどうかな？」モーガンがアイデアを出《だ》した。「2頭《とう》の赤《あか》いムーシュルームを交配《こうはい》させたら、子《こ》どもが生《う》まれる。その子《こ》どもが茶色《ちゃいろ》い可能性《かのうせい》はあるよ」

「そうだね。具体的《ぐたいてき》にいうと、それって1024分《ぶん》の1の確率《かくりつ》だけど」

テオが鼻《はな》で笑《わら》った。

「**確率《かくりつ》の話《はなし》なんてしないでよ！**」ポーにはその確率《かくりつ》が高《たか》いのか低《ひく》いのか、よくわからなかったのだ。

みんなが図書館《としょかん》の受付《うけつけ》にVRゴーグルを返《かえ》しにいっても、テオはぐずぐずしていた。プログラマーのテオは、確率《かくりつ》について考《かんが》えつづけずにはいられなかった。確率《かくりつ》から見ると、まったくうまくいきそうになかったからだ。

図書館《としょかん》から外《そと》に出《で》ると、ジョディがいった。「やっぱり、わたしはやだ。**あいつがどうしてムーシュルームをほしがってるか、わかるでしょ？**　ただ檻《おり》に入《い》れておきたいからだとは思《おも》えない」

「べつにいいじゃないか。本物《ほんもの》の動物《どうぶつ》じゃないんだし」テオがさらりといった。

「でも、**本物《ほんもの》みたい**じゃない？　えさも食《た》べるし、子《こ》どもも産《う》むし、攻撃《こうげき》したら逃《に》げるし」ジョディがいいかえした。

「そうするのは、そうプログラムされてるからさ。**あいつらはただのコードなんだよ**。感情《かんじょう》なんてないんだ」テオがさらにいいかえす。

「でも、同《おな》じことをエヴォーカー・キングにも

いえるのかい？　ぼくらはエヴォーカー・キングのことを友《とも》だちだと思《おも》ってるんじゃないのか？」ポーがいった。

「なんだか、むずかしい話《はなし》をしてるようだね」**声《こえ》のしたほうを向《む》くと、そこには図書館《としょかん》のメディアの専門家《せんもんか》、マロリーさんがいた。**休憩中《きゅうけいちゅう》のマロリーさんは、ストーンソードの銅像《どうぞう》の下《した》に座《すわ》って、お

やつを食《た》べていた。

「マロリーさんはどう思《おも》いますか？　NPCやバーチャルな動物《どうぶつ》にも感情《かんじょう》があるんですか？」テオがたずねた。

マロリーさんはしばらく考《かんが》えてから口《くち》を開《ひら》いた。「ぼくらが理解《りかい》しているような意味《いみ》では、感情《かんじょう》はないだろうね」

「ほら見《み》ろ」テオがジョディにいった。

「ただし！」マロリーさんは人《ひと》さし指《ゆび》を立《た》てた。「だからといって、

NPC
Non《ノン》 Player《プレイヤー》 Character《キャラクター》の略《りゃく》。ゲーム上《じょう》でプレイヤーが操作《そうさ》しないキャラクターのこと。

どんなふうにあつかってもいいってわけじゃない。**すべての生き物《いきもの》に思《おも》いやりを示《しめ》すのはいいことだ。それが伝《つた》わるかどうかはべつにしてね**」

「そのせいで、ゲームがうまく進《すす》まなくなっても、ですか？　**勝《か》つのが大変《たいへん》になっても？**」ポーがたずねた。

「ぼくもそう思《おも》ってたんだ。本物《ほんもの》でもない生《い》き物《もの》をたいせつにするのは、なんていうか、時間《じかん》のむだじゃないかな？」とモーガン。

マロリーさんが答《こた》えた。「思《おも》いやりが時間《じかん》のむだだなんて、ぼくは思《おも》わないな。前向《まえむ》きな姿勢《しせい》、やさしさ、しんぼう強《づよ》さ、こうしたものはとても大事《だいじ》だ。自分《じぶん》のまわりにいる人《ひと》や動物《どうぶつ》のためになるからだけじゃない。自分《じぶん》のためにもなるからだ。**前向《まえむ》きでいれば、いいことが起《お》こるものさ**」

「マロリーさんのいうとおりだよ」ジョディはテオに向《む》かって、あっかんべーをした。これは、思《おも》いやりとはほど遠《とお》いふるまいだったけど……。

テオはため息《いき》をついた。これ以上《いじょう》、ジョディといいあらそう気力《きりょく》がないのでだまっていたが、ほんとうは心配《しんぱい》だった。

ジョディの思《おも》いやりのせいで、かなりむずかしい状況《じょうきょう》になっている。ジョディがこれ以上《いじょう》治療《ちりょう》よりもムーシュルームを大事《だいじ》にしたら

……ウィッチの呪《のろ》いを解《と》くことなど、できるのだろうか？

第《だい》6章《しょう》 ちっぽけなクモが大《おお》きな問題《もんだい》に！

数日後《すうじつご》、ようやく5人《にん》はVRゴーグルをつけて、マインクラフトの世界《せかい》にもどった。

ウィッチに入《い》れられた檻《おり》の中《なか》にスポーンすると思《おも》っていたのに、**ベッドは湿地帯《しっちたい》のはしに移動《いどう》している**。そして、檻《おり》のすぐそばにあるチェストに入《はい》っていたのは、ある島《しま》の場所《ばしょ》がしるされた地図《ちず》だった。

そこがムーシュルームのいるいちばん近《ちか》い島《しま》（そのバイオームにしかムーシュルームはスポーンできない）だと、みんなはすぐにわかった。ウィッチは、あきらかに5人《にん》にムーシュルームを探《さが》しにいってもらいたがっている。

いろいろなことを考《かんが》えると……見《み》とおしが明《あか》るいとはとても思《おも》えない。

少《すこ》ししか歩《ある》いていないのに、5人《にん》は敵《てき》に攻撃《こうげき》された。**暗《くら》がりからクモが向《む》かってきたのだ。**

最初《さいしょ》、ハーパーは心配《しんぱい》していなかった。これまで数《かぞ》えきれないほどクモと戦《たたか》い、やっつけてきたからだ。

「ぼくがやるよ」そういうと、モーガンは大《おお》きな円《えん》をえがくように剣《けん》を振《ふ》った。

クモは飛《と》びはね、モーガンの剣《けん》を楽々《らくらく》かわすと、ポーに飛《と》びかかってかみついた。

「**いてて！**　ぼくがなにをしたっていうんだよ」ポーが泣《な》きさけんだ。

ハーパーはいまだとばかりに走《はし》っていき、ポーをおそっているクモに攻撃《こうげき》した。

剣《けん》のダメージで、クモは赤《あか》く光《ひか》った。

ところが、クモは思《おも》ったほどダメージを受《う》けたようには見《み》えなかった。

「大変《たいへん》なことになってるわ」そういったハーパーに、怒《おこ》ったクモが赤《あか》い目《め》を向《む》けた。

どこにでもいる、ただのクモだ。５人《にん》ならかんたんにやっつけられるはずなのに、ウィッチの呪《のろ》いがすべてを変《か》えてしまったのだ。

クモはハーパーに向《む》かって突進《とっしん》してきた。ハーパーはあとずさりながら、もう一度《いちど》剣《けん》を振《ふ》った。それと同時《どうじ》に、テオも矢《や》を放《はな》った。

ようやく、クモはたおされ、ピクセル状《じょう》の煙《けむり》を出《だ》して消《き》えた。

「ふう。思《おも》ったより**大変《たいへん》な**戦《たたか》いだったわね」

とハーパー。

「**ゲームを始《はじ》めたころにすっかりもどったみたいだよ**」失《うしな》ったＨＰ（体力《たいりょく》）を回復《かいふく》させるためにリンゴをかじりながら、ポーがいった。

「もっとひどいよ」とテオ。「この〝呪《のろ》い〟は……たぶん**デバフ**だ」

「いまなんていったの？」ジョディがたずねた。

「デバフだよ。**ゲームでは、有利《ゆうり》になること****をバフっていうんだ**。そうだなあ……ポーショ

ンを飲《の》んで強《つよ》くなるとか、祝福《しゅくふく》をうけて速《はや》くなるとか、そういうのがバフ」

「じゃあ、デバフはその反対《はんたい》ってこと?」とハーパー。

テオは説明《せつめい》を続《つづ》けた。「そう。**デバフは不利《ふり》になること**。能力《のうりょく》を下《さ》げるもののことだよ」

「マインクラフトにはたくさんのバフとデバフがある。たとえば、弱体化《じゃくたいか》すると、攻撃力《こうげきりょく》が低下《ていか》する」モーガンがつけくわえた。

やられたクモが残《のこ》していった糸《いと》とクモの目《め》をひろっていたハーパーがいう。「**あのクモと戦《たたか》ってみて、自分《じぶん》が弱《よわ》くなってるのがはっきりわかった**

わ。いつもよりたくさん攻撃《こうげき》しないといけなかったもの」

「だから、ぼくは特別《とくべつ》な〝水《みず》ぼうそう〟のスキンにしたんだよ。現《げん》実《じつ》では元気《げんき》だけど、ここではデバフされて調子《ちょうし》が悪《わる》いからね。このぶつぶつを見《み》れば、具合《ぐあい》が悪《わる》いってわかるでしょ?」

とポー。

みんながいっせいにポーを見《み》た。**今日《きょう》のポーのスキンは、水玉《みずたま》もようのあるニワトリだ**。

「ああ、そういうことか」とモーガン。

テオが口《くち》をはさむ。「でも実際《じっさい》には、ニワトリは水《みず》ぼうそうになんてかからないよね? 水《みず》ぼうそうのウイルスは、人間《にんげん》とサルにしかうつらないはずだけど」

ポーは羽《はね》の生《は》えたうでをパタパタさせた。「うーん、で

も、たとえば水玉《みずたま》のゴリラって、なんか変《へん》だろ？　コケコッコー！」

「そのかっこう、いいと思《おも》うよ」ハーパーはポーの頭《あたま》をぽんぽんとたたいた。

「おっと、気《き》をつけて。**水《みず》ぼうそうがうつっちゃうぞ**」ポーはコッコッと鳴《な》きながらいった。

テオはあきれ顔《がお》で、話《はなし》をもどす。

「**なんでもいいけどさ、**ウィッチの呪《のろ》いって、魔法《まほう》でもふしぎなものでもなくて、ただのデバフなんじゃないかな。きっとコードがおかしくなってるんだよ」

モーガンがみんなに見《み》えるように地図《ちず》を広《ひろ》げた。「それじゃあ、気《き》をつけないと。まだまだ道《みち》のりは長《なが》いし、**あのクモ以外《いがい》にも、ぼくらは敵対的《てきたいてき》モブと戦《たたか》うことになるからね**」

モーガンのいったとおりだった。何日《なんにち》もかかる長《なが》い旅《たび》では、数《かぞ》えきれないほどの危険《きけん》が待《ま》っていた。5人《にん》は影《かげ》の中《なか》を歩《ある》かないように、できるだけ戦《たたか》わないように気《き》をつけた。戦《たたか》うしかないときでも、距《きょ》離《り》をとって攻撃《こうげき》した。**1体《たい》のゾンビをたおすだけでもたくさんの矢《や》が必要《ひつよう》になった**が、近《ちか》づいて剣《けん》で戦《たたか》うよりは、そのほうが安心《あんしん》だった。

仲間《なかま》たちは山《やま》を掘《ほ》って進《すす》むのはやめ、山《やま》を登《のぼ》ったり回《まわ》ったりした。

遠《とお》くにエンダーマンを見《み》つけると、**すぐに目《め》をそらした**。邪悪《じゃあく》な村《むら》人《びと》の塔《とう》が見《み》えたら、そこをよけて湖《みずうみ》をわたった。

最初《さいしょ》、5人《にん》はリンゴや食料《しょくりょう》を集《あつ》めるためだけに時間《じかん》をかけた。HPを高《たか》くしておくこと、つまり、お腹《なか》をいっぱいにしておくことが前《まえ》よりも大事《だいじ》になったからだ。そうしていたにもかかわらず、旅《たび》を始《はじ》めてから3日目《かめ》、夜空《よぞら》にファントムがあらわれると、**モーガンはパニックになった**。空《そら》を舞《ま》うファントムがどれほどおそろしいモブかを知《し》っていたからだ。そこでモーガンは、危険《きけん》がいっぱいの夜《よる》には進《すす》まずに止《と》まって休《やす》まないといけない、と主張《しゅちょう》した。急《いそ》いでいたものの、だれもその意見《いけん》には反対《はんたい》しなかった。

やっとのことで、遠《とお》くのほうにムーシュルームの島《しま》が見《み》えてきた。5人《にん》は大喜《おおよろこ》びだったが、口《くち》から出《で》てきたのは弱々《よわよわ》しい、ささやかな歓声《かんせい》だった。みんなそれほど元気《げんき》ではなく、喜《よろこ》ぶのはまだ早《はや》いともわかっていたからだ。

「泳《およ》ごうと思《おも》えば泳《およ》げそうだけど、**ボートでわたったほうが安全《あんぜん》だ**」

モーガンがいった。

テオは水辺《みずべ》で草《くさ》を掘《ほ》りはじめた。「みんながボートをつくってるあいだに、ぼくは小麦《こむぎ》を育《そだ》てるよ。ムーシュルームがついてくるようにするには、小麦《こむぎ》が必要《ひつよう》だからね」

「ついてきたって**いいことなんてない**のにね」ジョディが暗《くら》い声《こえ》でつぶやいた。


とはいえ、ジョディもいつまでも暗《くら》い顔《かお》をしてはいられなかった。

満月《まんげつ》の光《ひかり》の下《もと》では、ムーシュルームのいるバイオームは、ふしぎですてきな光景《こうけい》だった。地面《じめん》は紫色《むらさきいろ》のやわらかい材料《ざいりょう》（モーガンは「**菌糸《きんし》**」といっていた）でできていて、**木《き》のように背《せ》の高《たか》いキノコが生《は》えている**。でも、このバイオームでなによりもすばらしいのはムーシュルームだ。おだやかなムーシュルームは小《ちい》さな島《しま》を歩《ある》きまわり、草《くさ》をむしゃむしゃ食《た》べ、ふしぎそうな目《め》で5人《にん》を見《み》ていた。

「ここにはムーシュルームがたくさんいるね。でも、赤《あか》いのばっかりだ」とポー。

モーガンが口《くち》を開《ひら》いた。「ぼくにアイデアがある。**赤《あか》いムーシュルームは稲妻《いなずま》にあたると茶色《ちゃいろ》になるんだよ**。だから、ムーシュルームを嵐《あらし》の中《なか》に連《つ》れていければ……」

ポーは空《そら》を見上《みあ》げた。空《そら》にはキズがあるが、晴《は》れわたっている。「その案《あん》がうまくいく確率《かくりつ》について、テオにお答《こた》えいただけますかねえ」

ポーがおずおずといった。

「ぼくだって**なにもかも**わかるわけじゃないよ。まあ、計算《けいさん》はできるけど……」テオが答《こた》えた。

モーガンがため息《いき》をついた。「たしかに、可能性《かのうせい》は低《ひく》いよ。**でも、そうしないかぎり、ムーシュルームのいるほかのバイオームを探《さが》してオーバーワールドを歩《ある》きまわることになるんだ。きっと何《なん》カ月《げつ》もかかるだろう**」

「それに、いまのぼくらの状態《じょうたい》だと、歩《ある》きまわるのは危険《きけん》だよ。モーガンのアイデアがいちばんいい。赤《あか》いムーシュルームをここから連《つ》れていこう」テオが賛成《さんせい》した。

すると、ハーパーがジョディにいった。「ねえ、どっちのムーシュルームを連《つ》れていくか選《えら》んでよ。ジョディは動物《どうぶつ》をあつかうのが上《じょう》手《ず》だから」

ジョディはまじめな顔《かお》でうなずいた。「だったら、ムーシュルームと話《はな》してみる。勇気《ゆうき》があるのはどっちの子《こ》かわかるから」

ジョディは1頭《とう》ずつ順番《じゅんばん》に、ムーシュルームの背中《せなか》をぽんぽんとたたきながら、その耳元《みみもと》でなにかをささやいた。そのあいだ、テオはハーパーにたずねた。「ジョディはどれも同《おな》じ赤《あか》いムーシュルームだってわかってるんだよね？ **どのコードもまったく同《おな》じなんだけど**」

ハーパーは肩《かた》をすくめた。「たぶん、ジョディは、わたしたちにはわからないことがわかるのよ」

「ぼくも聞《き》きたいことがあるんだけど。ムーシュルームをどうやってボートに乗《の》せるの？」そういうと、ポーはしばらくだまった。「この質問《しつもん》って、

なんだかジョークの前《まえ》ふりみたいだけど、ぼくはまじめに聞《き》いてるんだよ」
「それならだいじょうぶ」ハーパーは持《も》ち物《もの》からスライムボールを取《と》りだした。「これを持《も》ってて、ほんとうによかったわ」
「ウゲー」ポーは笑《わら》いながらそういった。

第《だい》7章《しょう》

マイケルGを紹介《しょうかい》するよ！マイケルCやマイケルPとまちがえないように。

ジョディは気《き》が進《すす》まなかったが、**しぶしぶ1頭《とう》のムーシュルームを選《えら》んだ。選《えら》ばれたムーシュルームはかわいそうだった。楽園《らくえん》のようなこの島《しま》から、あきらかに悪《わる》いことをたくらむウィッチのところに連《つ》れていかれるのだから。**

ジョディはみんなにムーシュルームを紹介《しょうかい》した。

「モーガン、ポー、ハーパー、テオ。わたしたちの新《あたら》しい仲間《なかま》を紹《しょう》介《かい》するね。マイケルGだよ」

マイケルGはあいさつをするかのように、**モーと鳴《な》いた。**ひょっとすると、これからなにをされるのか、たずねたのかもしれない。

「やあ、えっと、マイケル」モーガンがあいさつした。

「チームにようこそ！」そういうと、ポーは小《ちい》さな声《こえ》で続《つづ》けた。「ぼくは**本物《ほんもの》の**ニワトリじゃないよ」

「**マイケルGっておもしろい名前《なまえ》ね**」とハーパー。

「あんまりしっくりこないなあ。ここにはほかにもマイケルがたくさんいるの？」テオがたずねる。

ジョディはうでを組《く》んだ。「これはシャレなの。みんな、わかんない？」

ハーパーはすぐに、ジョディがなにをいいたいのかがわかって、笑《わら》った。ほかのみんなは説明《せつめい》してほしそうにハーパーを見《み》ている。

「科学《かがく》ではキノコの研究《けんきゅう》を**菌学《マイコロジー》**っていうの。『マイコロジー』って早《はや》口《くち》でいってみて。なにかに似《に》てるでしょ……」ハーパーはムーシュルームのほうを向《む》いた。「**はじめまして、マイケルG。これをつけさせてもらえるかしら？**」

ハーパーは投《な》げ縄《なわ》のように結《むす》ばれた短《みじか》いロープをかかげた。「それはなに？」とジョディがたずねた。

「糸《いと》とスライムからつくった**リードよ**。これを使《つか》えば、どこにでもマイケルGを連《つ》れていける。ボートにだって乗《の》せられるわ」

「ちょっと思《おも》ったんだけど、1頭《とう》だけじゃなくて、もっと連《つ》れてったほうがいいんじゃないかな。途中《とちゅう》でこのウシになにかあったときのことを考《かんが》えてさ」テオが提案《ていあん》した。

ジョディは口《くち》をあんぐり開《あ》けた。「マイケルGにはなんにも起《お》きな

いよ。この子《こ》とそう約束《やくそく》したんだから！」

テオはまゆをひそめた。「そんな約束《やくそく》したっけ？　でも、ぼくらはデバフされてるし、長《なが》い距離《きょり》を歩《ある》かないといけないんだよ。そのウシがいろいろな敵対的《てきたいてき》モブに攻撃《こうげき》されるかもしれないし、ぼくらに飛《と》んできた矢《や》や火《ひ》の玉《たま》があたるかもしれないぞ」

ジョディはマイケルGの耳《みみ》をふさぐように両手《りょうて》をあてた。「テオ！この子《こ》に聞《き》こえるでしょ」

「ぼくがいいたいのは、そいつを守《まも》るのが大変《たいへん》になりそうだってことだけだよ」テオがいいかえした。

「それなら、なおさら1頭《とう》にしておいたほうがいいんじゃない？**そうすれば、その子《こ》を守《まも》るだけですむから**。そうでしょ？」とハーパー。

「ああ、たしかに、そうだね」テオは頭《あたま》をぽりぽりとかいた。

ジョディはほっと胸《むね》をなでおろした。テオといいあらそっても、たいてい話《はなし》がまとまらないのだけど、ジョディはそのことをときどき忘《わす》れてしまう。こちらがなにかを選《えら》んだときには、テオには理屈《りくつ》で説明《せつめい》しないといけない。感情《かんじょう》にうったえかけてもわかってくれないからだ。ありがたいことに、ここではハーパーがうまくあいだに入《はい》ってくれた。

ジョディはハーパーからリードを受《う》けとると、**マイケルGの首《くび》にまき、小《ちい》さなボートまで引《ひ》っぱっていった。**

すぐに一行《いっこう》は、島《しま》からもどるために急《いそ》いで海《うみ》をわたった。

夜《よる》の月《つき》は、おだやかな水面《すいめん》にふれそうなほど低《ひく》いところにある。マイケルを連《つ》れていると、**いまだけはペットを飼《か》っている**ような気《き》分《ぶん》になれた。思《おも》っていたのとはちがうかたちでも、ペットを飼《か》うという願《ねが》いがかなったようで、ジョディは思《おも》わずほほえんだ。

なにもかもがうまくいっていた……。

水中《すいちゅう》のゾンビにおそわれるまでは。

そのゾンビは溺死《できし》ゾンビと呼《よ》ばれ、近《ちか》づいてきてもわからない。なにも起《お》きずに平和《へいわ》だと思《おも》ったつぎの瞬間《しゅんかん》、突然水《とつぜんみず》の中《なか》からトライデントが飛《と》んできたのだ。トライデントがあたったモーガンは、ボートから落《お》っこちてし

まった。

「モーガン！」水《みず》の中《なか》に消《き》えたモーガンに向《む》かって、ジョディがさけんだ。

「**ぼくがモーガンを助《たす》けるよ。**ジョディはそこでマイケルを守《まも》るんだ！」ポーがいった。

波《なみ》の中《なか》に飛《と》びこんだポーを見《み》て、ジョディは、**ニワトリなのに勇気《ゆうき》があるのね**と思《おも》った。ジョディはマイケルのそばからはなれず、片手《かたて》でぎゅっとリードをつかみ、もう片方《かたほう》の手《て》で盾《たて》をにぎっていた。

その近《ちか》くで、ハーパーとテオは水面《すいめん》に向《む》けて弓矢《ゆみや》をかまえた。しかし、なにも起《お》こらない。

いきなり、ジョディのボートのそばで、大《おお》きな水《みず》しぶきが上《あ》がる。すぐに盾《たて》をかまえるジョディ。**目《め》の前《まえ》にあらわれたのは溺《でき》死《し》ゾンビだ**。ゾンビはボートに飛《と》びのって、盾《たて》をたたいてきた。

ハーパーとテオが矢《や》を放《はな》ったが、敵《てき》にはほとんどダメージを与《あた》えられない。ジョディは逃《に》げだしたかった。でも、ムーシュルームを見《み》すてるわけにはいかない。

ちょうどそのとき、水平線《すいへいせん》から太陽《たいよう》が顔《かお》を出《だ》した。早朝《そうちょう》の光《ひかり》の中《なか》で、さっきよりも敵《てき》の姿《すがた》がはっきり見《み》える。溺死《できし》ゾンビはぼろぼろの服《ふく》を身《み》にまとい、**ぶきみな青緑色《あおみどりいろ》の目《め》でこちらをじっと見《み》ている。**

すると、いきなり溺死《できし》ゾンビが燃《も》えはじめた。

ジョディはうっかり忘《わす》れていたが、たとえ溺死《できし》ゾンビであっても、ゾンビは太陽《たいよう》の光《ひかり》があたると燃《も》えてしまうのだ。

火《ひ》だるまになったところに矢《や》が飛《と》んできて、溺死《できし》ゾンビはあっさりボートから落《お》ちた。そして、グルルルという声《こえ》が聞《き》こえてきたと思《おも》ったら、ゾンビはいなくなった。

モーガンとポーが水面《すいめん》から顔《かお》を出《だ》した。

「みんな、だいじょうぶか？　溺死《できし》ゾンビは逃《に》げていったぞ」とモーガン。

「なんとかなったよ。太陽《たいよう》のおかげでね」ジョディはいつのまにか

息《いき》を止《と》めていたことに気《き》づいて、ふう、と息《いき》を吐《は》きだした。それから、ついさっきまで溺死《できし》ゾンビが立《た》っていた場所《ばしょ》を見《み》た。「**あのゾンビが残《のこ》していったのは、腐肉《ふにく》とトライデントだけだよ**」

「それはいいわね。そのトライデントを取《と》っておいて。あとで必要《ひつよう》になるから」ハーパーが自分《じぶん》のボートから伝《つた》えた。

「じゃあ、ひろっておくね」ジョディはトライデントを手《て》に取《と》った。「このベトベトの肉《にく》は取《と》らなくてもいい？」

「実《じつ》はそれも役《やく》に立《た》つのよ」ハーパーはにっこり笑《わら》って、みんなを見《み》まわした。「**さて、ちょっと寄《よ》り道《みち》したい人《ひと》はいる？**」

第《だい》8章《しょう》

ジョディの〝ペットのなんでも屋《や》さん〟がうまくいきますように！

　現実世界《げんじつせかい》では、ジョディが両親《りょうしん》にアピールしてから、つまり「ようすを見《み》よう」といわれてから数日《すうじつ》がたっていた。そのあいだにジョディは、モーガンのいったとおり、**期待《きたい》するのが早《はや》すぎたのかもしれない**と心配《しんぱい》になった。

　そこで、ジョディは自分《じぶん》の力《ちから》を示《しめ》すことにした。それにはある**計《けい》画《かく》**が欠《か》かせなかった。

　ジョディはまず、おとなりさんから始《はじ》めることにした。となりに住《す》む小柄《こがら》な女《おんな》の人《ひと》、マリベルさんは2頭《とう》の大《おお》きな犬《いぬ》を飼《か》っている。

たくましいジャーマンシェパードのビーフィは、リードをぐいぐい引《ひ》っぱるのがすき。**元気《げんき》いっぱいのラブラドールのボー**は、動《うご》くものならなんでも追《お》いかける。マリベルさんは飼《か》い犬《いぬ》に町《まち》じゅう引《ひ》きずりまわされないために、1頭《とう》ずつ散歩《さんぽ》させなくてはいけなかった。

ジョディは、マリベルさんが休《やす》めるよう、ビーフィとボーの朝《あさ》の散歩《さんぽ》を申《もう》しでた。

すると、ジョディはドッグパークで、ほかの犬《いぬ》の飼《か》い主《ぬし》たちと知《し》り合《あ》いになった。

その中《なか》には、ときどき自分《じぶん》の犬《いぬ》を散歩《さんぽ》させてくれないかとたのんでくる人《ひと》もいた。お礼《れい》におこづかいをあげるという人《ひと》まで！　**夢《ゆめ》がかなったのだ。おこづかい**をもらって、動物《どうぶつ》とすごせるなんて、すごい。ジョディはたのまれたことをすべて引《ひ》きうけた。

散歩《さんぽ》をたのんだ飼《か》い主《ぬし》の中《なか》には、ジョディがよく知《し》っている人《ひと》もいた。

「ドクの犬《いぬ》を散歩《さんぽ》に連《つ》れていくなんて信《しん》じられないな」早朝《そうちょう》の歩道《ほどう》を進《すす》みながら、ポーがいった。「というか、ドクが犬《いぬ》を飼《か》ってたことがおどろきだよ！　**お金《かね》をはらって殺人《さつじん》ロボットの散歩《さんぽ》をさせるつもりじゃないの？**」

「そんなことないよ。ついこの前《まえ》、公園《こうえん》でドクの犬《いぬ》に会《あ》ったもん」ジョディは、ボーが車道《しゃどう》に出《で》ないようリードをぐいっと引《ひ》っぱった。

ポーはうたがわしそうに目《め》を細《ほそ》めた。「じゃあ、かなり**よくでき**

た殺人《さつじん》ロボットなんだよ。毛皮《けがわ》のスーツとか着《き》ててさ」

ジョディは肩《かた》をすくめた。「**殺人《さつじん》ロボットがベジタリアン用《よう》のソーセージをぱくぱく食《た》べるなら、そうかもね**」

ポーはひまだったので、散歩《さんぽ》についてきていた。この週《しゅう》、学校《がっこう》は休《やす》みで、ポーのバスケットボールの練習《れんしゅう》もなかったのだ。興味《きょうみ》を持《も》ったほかの仲間《なかま》たちもいっしょだった。**先生《せんせい》の自宅《じたく》なんて、だれも見《み》たことない！**

「ドクの家《いえ》は、ぜったいに最新機器《さいしんきき》にかこまれたスマートホームよ」ハーパーがきっぱりといった。

「だとしたら、レーザービームが飛《と》んでこないように気《き》をつけないと。知《し》らないかもしれないけど、テクノロジーがからむと、ドクはほんとうに危険《きけん》な人《ひと》になるよ」とテオ。

「**みんな知《し》ってるさ**」モーガンがいった。「知《し》らないはずないだろ。

スマートホーム
AIやインターネットを活用《かつよう》した住宅《じゅうたく》のこと。

だって、**ドクは、ただ特別《とくべつ》なVRゴーグルをつくっただけじゃない。**エヴォーカー・キングが予想外《よそうがい》に生《う》まれたのだって、ドクがAI（人工知能《じんこうちのう》）の実験《じっけん》をしてたからだしな」

５人《にん》がドクの家《いえ》にハイテクなワンダーランドを期待《きたい》していたとしたら、その期待《きたい》はうらぎられた。外《そと》から見《み》ると、ドクの家《いえ》は、屋根《やね》に高性能《こうせいのう》なアンテナがある以外《いがい》、ふつうの家《いえ》と変《か》わらない。そのアンテナを見《み》て、ハーパーはうれしそうに、にやりと笑《わら》った。「**たぶん、あれを使《つか》って、ケンタウルス座《ざ》アルファ星《せい》から電波《でんぱ》を受信《じゅしん》してるんだわ**」

ドクが玄関《げんかん》を開《あ》けると、プードルが玄関《げんかん》ポーチに飛《と》びはねてきた。ジョディを見《み》て、ポンポンのついたしっぽを振《ふ》っている。

「**こんにちは、ニコラウス・プペルニクス！**　会《あ》えてうれしいよ。ほんとに！」ジョディがやさしくいった。

ケンタウルス座《ざ》アルファ星《せい》
太陽系《たいようけい》からいちばん近《ちか》い恒星《こうせい》。地球《ちきゅう》からの距離《きょり》は約《やく》4.3光年《こうねん》。

「やあ、みんな！　お休《やす》みを楽《たの》しんでるかな？」ドクが明《あか》るくあいさつした。

「楽《たの》しんでる最中《さいちゅう》です」ポーはプードルの耳《みみ》の裏《うら》をかいてあげた。「なんてかわいいんだ！」

「かわいいでしょ。それに、母犬《ははいぬ》に似《に》て、悪知恵《わるぢえ》が働《はたら》くんだよ！」ドクはクスクス笑《わら》った。「この子《こ》は何《なん》度《ど》か首輪《くびわ》を外《はず》しちゃってるからね。でも、逃《に》げだしたときには、これを使《つか》えば走《はし》ってもどってくるよ」

ドクはジョディにおかしなハイテク機器《きき》をわたした。少《すこ》しフルートに似《に》ていて……宇宙船《うちゅうせん》と組《く》みあわせたみたいなかたちだった。

「これ、なんですか？」ジョディがたずねた。

ドクはつま先立《さきだ》ちでぴょんとはねた。**「わたしがつくった犬笛《いぬぶえ》だよ！」**

「ドクが休《やす》みの日になにをしてるか、いまわかったようだね」モーガンが小《ちい》さな声《こえ》でそういうと、ハーパーは「しーっ」と返《かえ》した。

ジョディはみんなのほうを向《む》いた。「犬笛《いぬぶえ》って聞《き》いたことあるよ。犬《いぬ》はね、とっても耳《みみ》がいいから、人間《にんげん》には聞《き》こえない高《たか》い音《おと》でも聞《き》こえるんだって。犬笛《いぬぶえ》は犬《いぬ》にしか聞《き》こえない音《おと》が出《だ》せるんだ」今度《こんど》はドクのほうを向《む》いてたずねた。**「でも、どうしてこの犬笛《いぬぶえ》は、うーん……こんなにいろいろついてるんですか？」**

「犬笛《いぬぶえ》を大《おお》きく改良《かいりょう》したんだよ。あのさ、本物《ほんもの》の笛《ふえ》のようにすれば音楽《おんがく》を演奏《えんそう》できるじゃないか。犬《いぬ》だって、ただの笛《ふえ》の音《おと》じゃなくて、複雑《ふくざつ》な音楽《おんがく》を楽《たの》しんでもいいと思《おも》わない？」**ドクはジョディにぶあ**

つい説明書《せつめいしょ》をわたした。「この笛《ふえ》はむずかしそうに見《み》えるけど、コツをつかめばかんたんなんだ。ドビュッシーの『月《つき》の光《ひかり》』をふけば、おすわりする、ベートーヴェンの『運命《うんめい》』でこっちにくる、『メリーさんの羊《ひつじ》』なら死《し》んだふりをするって具合《ぐあい》にね」

「わかったぞ」とポー。「たぶん」

ジョディがドクの家《いえ》のポーチから犬《いぬ》たちを連《つ》れていくあいだ、ポーはその笛《ふえ》に手《て》をのばした。「ぼくがやってみるよ」

だが、ジョディはポーから犬笛《いぬぶえ》を取《と》りあげて、かわりに説明書《せつめいしょ》を押《お》しつけた。「**ポー、これはおもちゃじゃないの！**　使《つか》いたいなら、ちゃんと勉強《べんきょう》して。そうしないと、この子《こ》たちをこわがらせることになるかもしれないでしょ」

「ウエー。休《やす》みの日《ひ》に読書《どくしょ》？　かんべんしてよ！」

ポーは弱音《よわね》を吐《は》いた。

「おやおや、いつもならポーといっしょになっていたずらするのに」とモーガン。

ジョディはふんと鼻《はな》を鳴《な》らし、胸《むね》をはった。

「わたしはきちんと責任《せきにん》を果《は》たす人《ひと》になったの。知《し》らなかったでしょ？」

「はいはい、わかりました」**モーガンが認《みと》めた。**

「おやつくらいなら、あげてもいいだろ？」

ポーがたずねた。

「いいけど、気《き》をつけてね。ニコラウスは乳糖《にゅうとう》がだめで、ビーフィにはビタミン剤《ざい》をチーズでくる

んで食《た》べさせるの。**まちがえない**ようにして。

あっ、それから、ボーはおやつを食《た》べるのが速《はや》すぎることがあるから、小《ちい》さく切《き》ってからあげるのよ」

ジョディがおやつの入《はい》った袋《ふくろ》の中《なか》を探《さぐ》っていると、モーガンがおかしな目《め》でじっと見《み》ていた。

「どうしたの？」とジョディ。

「なんでもないよ。ただちょっと思《おも》ったんだけど……ぼくは……ぼくは……」

モーガンは大《おお》きな音《おと》を立《た》ててくしゃみをした。そのせいで、犬《いぬ》たちがほえた。

「お大事《だいじ》に」ポーがいった。「だいじょうぶかい？」

「そういわれてみると、なんだかいま、ちょっと……デバフさ

れてるみたいだ」モーガンは自分《じぶん》でいったじょうだんに自分《じぶん》で笑《わら》った。「休《やす》み中《ちゅう》に病気《びょうき》にならないといいけど。そういうことってよくあるからさ」

「**病気《びょうき》なんてぜったいにだめよ！**このあとマインクラフトをやるんだから」ハーパーが強《つよ》くいった。

「そうだよ。マイケルGは、ぼくらがめんどうを見《み》ないと」ポーもいう。

「実際《じっさい》はめんどうを見《み》る必要《ひつよう》なんてないけどね」とテオ。「でも、ぼくだってマインクラフトに早《はや》くもどりたくて、うずうずしてるんだ」

モーガンが鼻《はな》をすすりながらいった。「心配《しんぱい》いらない。**病気《びょうき》なんかにじゃまはさせないさ**」

第《だい》9章《しょう》

モブの腐肉《ふにく》はだれかのお宝《たから》
（でもほんとうは、エメラルドのほうがいいなあ！）

テオにはすぐにその村《むら》がわかった。

「前《まえ》にもここに来《き》たことがあるよ。**ぼくらが巨大《きょだい》な洞窟《どうくつ》グモから守《まも》った村人《むらびと》たちがいる**」

「そうね。村人《むらびと》の中《なか》には牧師《ぼくし》がいたはずだわ。探《さが》すのを手伝《てつだ》ってくれない？」ハーパーがたのんだ。

テオは**心《こころ》から**興味《きょうみ》をひかれた。「どうして牧師《ぼくし》が必要《ひつよう》なの？」

ハーパーはにやりと笑《わら》った。「サプライズだから、ないしょよ。**わたしに考《かんが》えがあるの。まあ、見《み》てて！**」

テオにはそのことばだけでじゅうぶんだった。ハーパーを信頼《しんらい》していたし、ハーパーの計画《けいかく》はうまくいくことが多《おお》い。そこで、テオは牧師《ぼくし》を探《さが》しはじめた。

村《むら》の中《なか》を探《さが》していると、マインクラフトの四角《しかく》い太陽《たいよう》がしずみかかっているのが見《み》え、テオは不安《ふあん》になった。夜《よる》になると敵対的《てきたいてき》モブに会《あ》いやすくなるので、**夜《よる》がこわいのだ。**

みんなで協力《きょうりょく》すれば、まだ5人《にん》はマインクラフトで起《お》こるどんな危険《きけん》も乗《の》りこえられる。テオにもそれはわかっていた。だが、持《も》ち物《もの》が少《すく》なくなってきている。リンゴやパンの減《へ》り方《かた》は早《はや》すぎるし、矢《や》もなくなりかけている。

それでも、湿地帯《しっちたい》まではあと少《すこ》し。**そこにたどり着《つ》いたら、ムーシュルームと引《ひ》きかえに治療《ちりょう》ができる。**そうすれば、この悪夢《あくむ》のような状況《じょうきょう》も終《お》わるだろう。

テオが丸石《まるいし》の小道《こみち》を歩《ある》くと、うしろからなにかにそっと押《お》された。振《ふ》りむくと、すぐうしろにマイケルGがいた。

「あら、マイケルGはテオのことがすきなんだ！　草《くさ》を食《た》べられるようにしばらくリードをはなしてたら、テオのところに行《い》ったもんね」とジョディ。

テオはため息《いき》まじりにいいかえした。「ぼくのことが**すき**なわけじゃないよ。こいつは**なにも**すきじゃない。すきになんてなれないんだ。**ウシの姿《すがた》をしたコンピューターのコードでしかないんだから**」

ジョディは文句《もんく》をいった。「まったく、いつまでもそんなことをいってると、すぐにマイケルに愛想《あいそ》をつかされちゃうから！」

そのとき、太陽《たいよう》が地平線《ちへいせん》の向《む》こうにしずんだ。テオはますます不《ふ》安《あん》になった。「ベッシーのリードをしっかりにぎってるんだぞ。わかった？　**町《まち》にたいまつがあれば、どんな敵対的《てきたいてき》モブもスポーンしない**

はずだ。でも、モンスターがいつ、明《あ》かりの外《そと》からしのび寄《よ》ってくるかわからない」

ジョディはリードをにぎっていった。「マイケル、テオのいうことなんて気《き》にしなくていいよ。わざと名前《なまえ》をまちがえて、ふざけてるんだから」

夜《よる》にそなえて、村人《むらびと》たちは家《いえ》に帰《かえ》っていった。**ハーパーは牧師《ぼくし》を見《み》つけたようだ。**テオは、なにか手伝《てつだ》えることはないかとかけ寄《よ》った。

「たくさんの腐肉《ふにく》をエメラルドと交換《こうかん》したの。そのエメラルドでラピスラズリをいくつか買《か》ったわ」

ハーパーはテオに伝《つた》えた。

「ラピスラズリ？　なにかをエンチャントするんだね」

「そう思《おも》うでしょ。まあ、見《み》ててよ！」ハーパーは手《て》に入《い》れたばかりのラピスラズリをかかげた。それはたいまつの明《あ》かりの中《なか》で、青《あお》くかがやいている。**「ねえ、ジョディ。あのトライデントをちょうだい」**

そのトライデントとラピスラズリを持《も》ち物《もの》に入《い》れ、ハーパーは町《まち》のまん中《なか》にエンチャントテーブルを置《お》いた。つぎに、そのまわりに本棚《ほんだな》を並《なら》べる。

「わたしもライブラリが大《だい》すき。でも、道《みち》のまん中《なか》に建《た》てるつもりなの？」ジョディがたずねた。

「本棚《ほんだな》があると、エンチャントが強力《きょうりょく》になるのよ。それに、思《おも》いどおりにエンチャントできる」ハーパーが答《こた》えた。

「どんなエンチャントをするつもりなの？」とジョディ。

「さっきから考《かんが》えてるんだけど、わからないなあ」テオがもらした。

「チャネリングよ」ハーパーが説明《せつめい》する。「これから雷雨《らいう》を待《ま》たないといけないでしょ。でも、チャネリングのエンチャントをしたトライデントがあると、稲妻《いなずま》を落《お》とすのを運《うん》にたよらなくてもよくなるの。**雷雲《らいうん》からねらったところに稲《いな》妻《ずま》を落《お》とすことができるようになるわ**」

指《ゆび》をパチンと鳴《な》らしたいところだったが、アバターには残念《ざんねん》ながら指《ゆび》がない。そこで、テオはぴょんと飛《と》びながら、声《こえ》を上《あ》げた。「稲妻《いなずま》が落《お》ちてマイケルGが赤《あか》から茶色《ちゃいろ》に変《か》わるのか。すごい！」

エンチャントテーブルに向《む》かいながらハーパーがいった。「うまくいくといいんだけど。**1回《かい》では**チャネリングが成功《せいこう》しないかもしれないから。やり直《なお》しになったときのために、

砥石《といし》を用意《ようい》してくれる？」

しかし、心配《しんぱい》はいらなかった。ハーパーの笑顔《えがお》から、**エンチャントがかんぺきにうまくいった**のがわかったからだ。

ハーパーは得意《とくい》げに「わーい」と声《こえ》を上《あ》げると、みんなに見《み》えるようにエンチャントされたトライデントをかかげた。夜《よる》の中《なか》で紫色《むらさきいろ》にキラキラ光《ひか》っている。それを見《み》て、みんなは静《しず》かに息《いき》をのんだ。

しばらくのあいだ静《しず》けさにつつまれていると……**シューという音《おと》が聞《き》こえてきた**。

テオはおどろいて、振《ふ》りむいた。おそれていたことが起《お》きていた。ジョディとマイケルのうしろから、クリーパーがしのび寄《よ》ってくるではないか……。

気《き》づいたときには、間《ま》にあわなかった。

クリーパーは、いきなり光《ひかり》と音《おと》をまきちらして爆発《ばくはつ》した。**ジョディ**

とマイケルは、爆風《ばくふう》に吹《ふ》きとばされ、赤《あか》くチカチカ光《ひか》った。

テオははっとした。ムーシュルームはだいじょうぶだろうか？　HPがそれほど残《のこ》ってないんじゃないだろうか？　なにかできることがあればいいのに！

そのとき、テオはあることを思《おも》い出《だ》した。持《も》ち物《もの》の中《なか》に、もしものときのために取《と》っておいた**回復《かいふく》のスプラッシュポーション**がひとつあったはず。

いまこそそれを使《つか》うときだ。

すぐにテオは、マイケルに向《む》かってポーションを投《な》げた。フラスコがあたって割《わ》れると、回復《かいふく》の液体《えきたい》がマイケルの全身《ぜんしん》にかかった。

「いてて。なにかが飛《と》んできたけど？」

ジョディが頭《あたま》をさすりながらいった。

「**クリーパーよ**。どこからともなくあらわれたの！　だいじょうぶ？」ハーパーが心配《しんぱい》そうに聞《き》く。

「マイケルGもだいじょうぶかい？」とテオ。

ジョディは顔《かお》いっぱいに笑《え》みを浮《う》かべた。「わあ、マイケルを心配《しんぱい》してくれたんだね」

テオはオホンとのどを鳴《な》らした。「心配《しんぱい》なんてしてないよ。ただ、もう1頭探《とうさが》しに島《しま》までもどりたくなかっただけさ」

「そっか、そういうことか」でも、ジョディはうれしそう。「マイケルG、聞《き》こえた？　テオがちゃんと名前《なまえ》を呼《よ》んでくれたよ！」

ハーパーとジョディが笑《わら》っていると、モーガンとポーがみんなのぶじをたしかめに飛《と》んできた。**マイケルGは、みんなにかわいがられ、うれしそうにモーと鳴《な》いた。**

ウシの大《おお》きな目《め》で見《み》つめられると、テオもがまんができなくなった。

手《て》をのばして、ムーシュルームの頭《あたま》をぽんぽんとたたく。

コンピューターのコードにしては……ずいぶんかわいいじゃないか。

第《だい》10章《しょう》

小《ちい》さな会社《かいしゃ》の持《も》ち主《ぬし》！それって、リードをつけた全世界《ぜんせかい》に、引《ひ》きずりまわされるようなもの。

現実世界《げんじつせかい》では、モーガンは日《ひ》に日《ひ》に調子《ちょうし》が悪《わる》くなっていった。ウィッチの呪《のろ》いのせいだと信《しん》じてしまいそうなほど、モーガンはうろたえていた。でも、そうだとしたら、ほかのみんなも病《びょう》気《き》になっているはずじゃないか。

そうじゃないことを知《し》らせるかのように、ジョディはいつになく健康《けんこう》だった。少し前からやっている**ペットの散歩屋《さんぽや》さんが人気《にんき》を集《あつ》めるにつれて、ますます元気《げんき》になっているようだ。**

ジョディにできないことといったら……断《ことわ》ることだけだ。

「**犬**《いぬ》の散歩屋《さんぽや》さんだと思《おも》ってたけど、そいつになにをしてるんだい？」ポーは、リードにつながれたイグアナを指《ゆび》さした。

「魚《さかな》よりはイグアナのほうがまだ理解《りかい》できるね」そういってテオは、**ポーのひざの上**《うえ》**にある金魚鉢**《きんぎょばち》**をコツコツとたたいた**。

「金魚《きんぎょ》のバブルズは関係《かんけい》ないよ！　ただ新鮮《しんせん》な空気《くうき》を吸《す》いたいだけなんだから」とポー。

テオは目《め》を丸《まる》くした。「新鮮《しんせん》な空気《くうき》なんて、水中《すいちゅう》で呼吸《こきゅう》する生物《せいぶつ》が**いちばん**ほしがらないものじゃないか」

「手伝《てつだ》わなくって、ほんとにいいの？」ハーパーがたずねる。

ジョディはさっとモーガンを見《み》てから答《こた》えた。「いいの、いいの。平気《へいき》だよ。だいじょうぶ！　**わたしって、めちゃくちゃ責任感**《せきにんかん》**があるからひとりでやれるよ**」

モーガンは返事《へんじ》のかわりに、ただくしゃみをした。

ジョディはなんと5本《ほん》もリードをにぎっていた。5本《ほん》のうち3本《ぼん》は犬《いぬ》たちに、1本《ぽん》はイグアナに、最後《さいご》の1本《ぽん》は車輪《しゃりん》のついた鳥《とり》かごにつながっている。ジョディは、動物《どうぶつ》たちが道《みち》から飛《と》びださないよう、必死《ひっし》にリードをあやつっていた。プラスチックのハムスターボールに入《い》れられたスイートチークス男爵《だんしゃく》でさえ、ジョディのそばをはなれないようついてくる。学校《がっこう》が休《やす》みのあいだ、モーガンとジョディは男爵《だんしゃく》の世話《せわ》を引《ひ》きうけていたので、**男爵《だんしゃく》をひとりぼっちで家《いえ》に置《お》いておきたくなかったジョディが連《つ》れてきたのだ。**

突然《とつぜん》、男爵《だんしゃく》は興奮《こうふん》したようにチューチュー鳴《な》くと、**先《せん》**

頭《とう》を転《ころ》がっていった。男爵《だんしゃく》には前《まえ》にいる女《おんな》の人《ひと》がだれだかわかるようだ。その人《ひと》は大《おお》きなサングラスをかけて、ベビーカーを押《お》している。サングラスを取《と》ってみんなに笑《わら》いかけたのは、**担任《たんにん》のミス・ミネルヴァだった。**

「スイートチークス男爵《だんしゃく》なの？　それに、わたしのかわいい生徒《せいと》たちがみんないるのね！　こんなに……犬《いぬ》がいるせいで、みんなに気《き》づかないところだったわ」

ミス・ミネルヴァは**犬《いぬ》ずきではない**のだろう。ミネルヴァの「犬《いぬ》」のいい方《かた》から、モーガンにはそれがわかった。

「こんにちは、ミス・ミネルヴァ！　赤《あか》ちゃんがいるなんて知《し》りませんでした」ハーパーがいった。

ミネルヴァは笑《わら》った。「わたしのモフモフの赤《あか》ちゃんよ。デューイっていうの」ベビーカーのカバーを引《ひ》くと、そこにいたのは、茶色《ちゃいろ》のしまもようのネコだった。ねじれたひげが生《は》え、ふきげんそうな顔《かお》つきをしている。**「家《いえ》で飼《か》ってるネコなのよ」**とミネルヴァはつけ足《た》した。

モーガンはベビーカーに乗《の》るネコをはじめて見《み》た。これまでも何度《なんど》か思《おも》ってたけど、大人《おとな》ってかなりおかしなことをするものだ。

すると、いきなりジョディが飛《と》びだしてきた。１匹《ぴき》の犬《いぬ》がミネルヴァのネコを気《き》にして、リードを引《ひ》っぱったのだ。

「あら、これって……ドクの犬《いぬ》？」

そうたずねると、ミス・ミネルヴァははっとした。**「まあ、やだ。この2匹《ひき》、すごく仲《なか》が悪《わる》いのよ……」**

時間《じかん》が止《と》まったようだった。モーガンは息《いき》をのんで、犬《いぬ》とネコがにらみ合《あ》うのを見《み》ていた。ジョディがぎゅっとリードをにぎる。ニコラウスが飛《と》びかからないように必死《ひっし》でおさえているのだ。しかし、おどろいたことに、攻撃《こうげき》をしかけたのは犬《いぬ》のほうではなかった。

ミネルヴァの茶色《ちゃいろ》のネコ、デューイがかん高《だか》い声《こえ》で鳴《な》いたのだ。その鳴《な》き声《ごえ》はこの世《よ》のものとは思《おも》えないほどすさまじく、モーガンはあわてて両手《りょうて》で耳《みみ》をふさいだ。止《と》めるひまもなく、ベビーカーから飛《と》びだしたデューイがニコラウスの背中《せなか》に飛《と》びのった。犬《いぬ》は**ほ**

え、ネコは**鳴《な》き続《つづ》け**、おどろいたジョディは**大声《おおごえ》を上《あ》げた**。

動物《どうぶつ》たちはみんなパニックになり、いっせいにべつべつの方向《ほうこう》にリードを引《ひ》っぱった。

ジョディは転《ころ》んだ拍子《ひょうし》に、リードを手《て》からはなしてしまった。

こうして大《おお》さわぎになり、**ペットたちはそれぞれ逃《に》げだしてしまった**。

第《だい》11章《しょう》

だれが犬《いぬ》たちを逃《に》がしたの？
逃《に》がした人《ひと》がつかまえてきてくださいね。

こんなことが起《お》きるなんて。ジョディには信《しん》じられなかった。

ただ、責任《せきにん》が果《は》たせるところを、どんな動物《どうぶつ》のお世話《せわ》もできるところを、モーガンに見《み》せようとしただけなのに！

動物《どうぶつ》たちは公園《こうえん》じゅうにばらばらに逃《に》げてしまっていた。たいせつなペットたちが……1匹残《ぴきのこ》らずいなくなってしまったのだ。

すべてジョディのせいだ。

「デューイ！　デューイ・デシマル、もどってらっしゃい！」ミス・ミネルヴァはネコのあとを走《はし》って追《お》いかけた。

ジョディは涙《なみだ》をこらえていた。「わたしのせいだ。わたしのせいで、みんなが逃《に》げちゃった」

「うーん、でも、**みんな**ってわけじゃないよ。バブルズはここにいるし」ポーが金魚鉢《きんぎょばち》をかかげてジョディをなぐさめた。

ジョディはひざをすりむき、指《ゆび》もひりひり痛《いた》かった。ついに、ジョディは涙《なみだ》をこらえきれなくなり、公園《こうえん》のまん中《なか》で泣《な》きだしてしまった。

すると、**モーガンがジョディをやさしくぎゅっとハグした**。それから、ジョディの肩《かた》をしっかりつかんで、じっとジョディの顔《かお》をのぞきこんだ。

「ぼくらでなんとかできるさ、ジョディ。でも、ジョディがいなくちゃ、できないからね」モーガンがいった。

「わたしが？」ジョディが返《かえ》す。

「逃《に》げた動物《どうぶつ》たちのことをとってもよくわかってるだろ？ジョディなら、みんなをつかまえるためにどうすればいいか、ぼくらに指示《しじ》できるはずだ。ぼくらがジョディを信《しん》じてるように、ジョディも自分《じぶん》のことを信《しん》じなくちゃ」モーガンはにっこり笑《わら》った。

そんなにやさしいことをいわれると、ジョディはまた泣《な》きそうになった。でも、めそめそしているひまはない。

あの子《こ》たちにはわたしが必要《ひつよう》なんだ。

ジョディは涙《なみだ》をぬぐいながら答《こた》えた。

「わかったよ。じゃあ、こうしよう。オウムのポリーはクラッカーに目《め》がないから、テオはおやつをたくさん使《つか》っておびき寄《よ》せて。ハーパーにも同《おな》じようにしてイグアナをつかまえてほしい。でも、クラッカーじゃなくてフルーツを使《つか》って」テオとハーパーは、ジョディからおやつを受《う》けとると、小《ちい》さくうなずいてから走《はし》っていった。

ジョディはあごをこすりながら考《かんが》えた。

「ドクの犬笛《いぬぶえ》の使《つか》い方《かた》がわかれば、犬《いぬ》たちを集《あつ》

められるのに……」

「あっ！　使《つか》い方《かた》ならわかるよ。**きのうの夜《よる》、説明書《せつめいしょ》を読《よ》んだんだ！**」

とポー。

「ほんとかい？」モーガンがうたがわしそうな目《め》でポーを見《み》た。

「どうしてそんな目《め》で見《み》るんだよ？　たしかにぼくは、読書《どくしょ》ずきじゃない。でも、ドクの説明書《せつめいしょ》ってすばらしい詩集《ししゅう》みたいなんだ」ポーはジョディのほうを向《む》いた。「犬笛《いぬぶえ》をふけるよ。ほんとさ。ベートーヴェンの『運命《うんめい》』だろ？　**まかせておけって**」

「**ポーにまかせるね**。プペルニクスはリーダータイプなの。だから、プペルニクスがこっちに来《く》れば、ほかの犬《いぬ》たちもついてくるよ」そこまでいうと、ジョディは一瞬口《いっしゅんくち》をつぐんだ。そして、こう続《つづ》けた。

「でも、ミス・ミネルヴァのネコはどうしよう？」

「うーん、ネコのすきなものっていったらなんだろうなあ？」少《すこ》し

のあいだ考《かんが》えていると、モーガンの目《め》に金魚《きんぎょ》がとまった。

「なんてことを考《かんが》えるんだ！」

ポーはそういうと、バブルズを背《せ》中《なか》にかくした。

「いいこと思《おも》いついた！」ジョディがパチンと指《ゆび》を鳴《な》らす。それから、バッグの中《なか》をがさがさと探《さが》し、アピールするときに使《つか》ったレーザーポインターを取《と》りだした。「ネコってレーザーポインターを追《お》いかけるのがすきなんだよ。これで、すぐにつかまえられるはず」

モーガンはにやりと笑《わら》った。「さすがジョディだ」

「感心《かんしん》してる場合《ばあい》じゃないよ。さあ、さあ、行《い》こう！」

1時《じ》間《かん》近《ちか》くかかって、ようやく全員《ぜんいん》をつかまえることができた。ポーは息《いき》が切《き》れるまで笛《ふえ》をふき、つかまえた犬《いぬ》たちにかこまれてしまった。テオはオウムをつかま

えるために、木《き》に登《のぼ》るはめになった。そして、**ハーパーとしたことが、まちがえてトカゲをつかまえてきてしまい**、もう一度《いちど》はじめから探《さが》さなくてはいけなくなった。

いろいろあったものの、ジョディがレーザーポインターを使《つか》って、ミス・ミネルヴァの待《ま》つベビーカーまでデューイをおびき寄《よ》せると、みんなはほっと胸《むね》をなでおろした。

「ミス・ミネルヴァ、ほんとうにごめんなさい。わたしのせいです」ジョディはあやまった。

ミス・ミネルヴァは服《ふく》についた草《くさ》のしみをふきながらいった。「なにいってるのよ。**わたしのほうこそ、めちゃくちゃになる前《まえ》にドクの犬《いぬ》だって気《き》づくべきだったわ。**ベビーカーにシートベルトをつけておいたほうがよかったかも」ミス・ミネルヴァはベビーカーをとんとんとたたいた。「とにかく、みんなぶじでよかったわね」

そのときは、これでなにもかもだいじょうぶだとジョディも思《おも》いこんでいた。

ところが、こわれたプラスチックのボールが草《くさ》の上《うえ》に転《ころ》がっているのが見《み》えた。それがなんなのか、ジョディにはすぐにわかった。どうしてかはわからないが、このさわぎで、スイートチークス男爵《だんしゃく》のボールが割《わ》れてしまったようだ。

そして、こなごなになったボールのそばに、気《き》を失《うしな》った男爵《だんしゃく》が横《よこ》たわっていたのだ。

ジョディがさけんだ。「**スイートチークス男爵《だんしゃく》！**　けがしてる！」

第《だい》12章《しょう》
かわいいほお。
強《つよ》い心《こころ》。
けがした足《あし》。

獣医《じゅうい》さんの待合室《まちあいしつ》で、ジョディは不安《ふあん》でたまらなかった。あまりに心配《しんぱい》なので、ばらばらになってしまいそうな気分《きぶん》だった。

モーガンはジョディの手《て》をしっかりにぎり、**ミス・ミネルヴァは「きっとだいじょうぶよ」とはげましました。**けれどもジョディは、スイートチークス男爵《だんしゃく》がけがをしたとわかって、すっかりうろたえていた。こんなことになったのは、わたしが男爵《だんしゃく》をしっかり見《み》ていなかったからだ！

「あなたのハムスターはだいじょうぶですよ。ただ、足《あし》をくじいただけですから」若《わか》い女性《じょせい》の獣医《じゅうい》さんが、やさしい声《こえ》でそう約束《やくそく》してくれた。

「ハムスターも足《あし》をくじくことがあるなんて知《し》らなかったわ」ミス・ミネルヴァがいった。

「実《じつ》はよくあるんですよ。**わたしもハムスターは大《だい》すきですが、ハムスターはふまれてしまうことも多《おお》いんです**」と獣医《じゅうい》さん。

「どんな治療《ちりょう》をするんですか?」モーガンがたずねた。

「安静《あんせい》にしておくだけですね。けがは自然《しぜん》になおるので。数週間《すうしゅうかん》ですっかりよくなります

よ」獣医《じゅうい》さんが教《おし》えてくれた。

数週間《すうしゅうかん》？　**それくらいでなおるのはよい知《し》らせだ。**それなのにジョディは、ソファにしずんでしまいたかった。そんなに時間《じかん》がかかると知《し》って、男爵《だんしゃく》にもうしわけなくなったのだ。

「**落《お》ちつかせるために少《すこ》し薬《くすり》を与《あた》えたので、**いまは眠《ねむ》ってます。面会《めんかい》したいですか？」獣《じゅう》医《い》さんがたずねた。

モーガンとジョディは奥《おく》の部屋《へや》に案内《あんない》さ

れた。そこでは、スイートチークス男爵《だんしゃく》が枕《まくら》の上《うえ》で丸《まる》くなって眠《ねむ》っていた。小《ちい》さく呼吸《こきゅう》をするたびに、思《おも》わずつまみたくなるほどかわいいほおが、ふくらんだりしぼんだりしている。

「ぜんぶわたしのせいだ。はじめからモーガンのいうとおりだったんだよ。**わたしには……ペットを飼《か》うなんてまだ早《はや》かったんだ**」ジョディがつぶやいた。

モーガンは首《くび》を振《ふ》って、鼻《はな》をひくひくさせた。

「ぼくはそんなつもりじゃ……」

モーガンはなんとか手《て》で鼻《はな》と口《くち》をおおってから、大《おお》きなくしゃみをした。

「お大事《だいじ》に！」と獣医《じゅうい》さん。

「ありがとうございます。

なんだかカゼをひいたみたいだなあ」とモーガン。

「そうかしら？　くしゃみの原因《げんいん》なら、はっきりわかりますよ。**あなたにはアレルギーがあるんですよ**」

「アレルギー？」モーガンがくり返《かえ》した。

獣医《じゅうい》さんはほほえみながら、うなずいた。「そうです。犬《いぬ》やネコのアレルギーです。おうちではなにも飼《か》ってないいんじゃないかしら？」

ジョディはごくりとつばを飲《の》んだ。「ええ、飼《か》ってません」それから、鼻《はな》をふいているモーガンに目《め》を向《む》けた。「じゃあ……これからも飼《か》えないってことだね」

第《だい》13章《しょう》

雷《かみなり》は2回落《かいお》ちないというが、それはチャネリングしたトライデントがないから。

マインクラフトにもどると、5人《にん》はウィッチの小屋《こや》まであと少《すこ》しのところにいた。だが、ウィッチのほしがっている茶色《ちゃいろ》いムーシュルームは……**まだ赤《あか》いままだ。**

ポーはまったくべつのことを考《かんが》えていた。

「ねえ、みんな。ぼくは金魚《きんぎょ》がほしいな」

モーガンがじろりとにらんだ。**「あとにしてくれ、ポー」**

「でもさ――」

モーガンはオホンとのどを鳴《な》らし、ジョディのほうを向《む》いた。公《こう》園《えん》でのことがあってから、ジョディはずっと元気《げんき》がない。ジョディのペットを飼《か》う計画《けいかく》は、どう考《かんが》えてもうまくいっていない。

「ごめんな」モーガンは、ジョディの気持《きも》ちを考《かんが》えていなかったことに気《き》づき、あやまった。それから、ジョディのそばに寄《よ》って、カクカクした肩《かた》をそっと押《お》しあてた。「なあ、元気出《げんきだ》せよ。**だいじょうぶ、いつかきっとペットを飼《か》えるさ**」

ジョディは顔《かお》をしかめ、悲《かな》しそうに首《くび》を振《ふ》った。「スイートチークス男爵《だんしゃく》は足《あし》を引《ひ》きずってるし、おにいちゃんは犬《いぬ》を見《み》るたびにくしゃみをしてる。ペットを飼《か》う夢《ゆめ》はあきらめないといけないんだよ」

「でもさ、モーガンは年上《としうえ》だから、そのうち先《さき》に家《いえ》を出《で》ることになるじゃないか?」ポーがにやにや笑《わら》いながらじょうだんをいったが、ジョディは相手《あいて》にしなかった。

「まじめな話《はなし》、男爵《だんしゃく》のけがはジョディのせいじゃないよ」そういったとたん、ポーはあることに気《き》がついた。「**ねえ、空《そら》のキズが見《み》えないぞ**」

「雨雲《あまぐも》のせいだよ。いまのわたしの気分《きぶん》にぴったり」ジョディがぽつりといった。

すでに雨《あめ》が降《ふ》りはじめている。「ああ、いつもは嵐《あらし》なんてきらいなのに、いまは待《ま》ってましたって感《かん》じだね」とポー。

「これでばっちり！　**さあ、稲妻《いなずま》を落《お》としましょ**。ジョディ、あまりマイケルの近《ちか》くに立《た》たないほうがいいわよ」ハーパーが注意《ちゅうい》した。

「ハーパー、ぼくにやらせてよ。**トライデントを投《な》げたいんだ**」ポーがいった。

ハーパーはどうしようか、考《かんが》えている。「これがものすごく大事《だいじ》だって、わかってるのよね？」

「うん！　ぼくだってまじめになれるんだよ。バスケをしてるところを見《み》たことがあるだろ？」ポーはニワトリの羽《はね》のついたうでを組《く》んだ。「ねらって投《な》げるのは得意《とくい》だし、プレッシャーにだって負《ま》けないさ」

ハーパーは、**魔法《まほう》でかがやく**トライデントをわたした。「マイケルにあてないで。1、2ブロックはなれたところをねらってね」とハーパー。

「りょうかい」ポーが返事《へんじ》

をした。「これはステーキ用《よう》のフォークというより避雷針《ひらいしん》って感《かん》じだな」

雨《あめ》がどんどんはげしくなる中《なか》、ポーはトライデントをにぎりしめた。

そして、ねらいをさだめて……。

トライデントを投《な》げた……。

だが、ねらいから数《すう》メートルもはずれてしまった。

「どうしたんだ？」モーガンがたずねた。

「ごめん！　あのブタのせいで集中《しゅうちゅう》できなかったんだよ」ポーが答《こた》えた。

そのことばに、みんなはいっせいにそちらを向《む》いた。ポーのいったとおり、こっちに向《む》かってブ

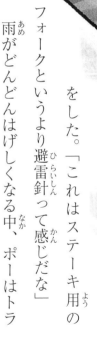

タが歩《ある》いてくる。ブタは地面《じめん》にささったトライデントを見《み》つけると、興《きょう》味《み》を持《も》ち、近《ちか》づいて鼻《はな》をクンクンさせた。

そのとき、**ものすごい稲妻《いなずま》が空《そら》から落《お》ちてきた。**

あたりが燃《も》えるように明《あか》るくなり、ポーは目《め》をそむけた。

ポーがもう一度《いちど》目《め》を向《む》けたときには……ブタは変身《へんしん》していた。そこには、人間《にんげん》そっくりのブタのような変《へん》な生《い》き物《もの》が立《た》っていた。肉《にく》がはがれた顔《かお》の一部《いちぶ》からは白《しろ》い骨《ほね》がのぞいている。

「ピグリンだ！」ポーは持《も》ち物《もの》から剣《けん》を取《と》りだした「ゾンビ化《か》ピグリンだよ！」

「ネザーにしかスポーンしないと思《おも》ってたのに」ジョディはマイケルのそばにかけ寄《よ》り、盾《たて》をかかげた。

「みんな落《お》ちつくんだ」モーガンが小《ちい》さな声《こえ》でいった。「ピグリンは敵対的《てきたいてき》モブじゃないだろ？ **こっちが攻撃《こうげき》しなければ、向《む》こうも攻撃《こうげき》してこないよ**」

そういわれても、ポーには信《しん》じられなかった。ピグリンはいかにも危険《きけん》そうな見《み》た目《め》をしている。**おまけに、強力《きょうりょく》な金《きん》の剣《けん》も持《も》っているのだ**。しかし、ゾンビ化《か》ピグリンはもう一度《いちど》トライデントのにおいをクンクンかぐと、あたりを見《み》まわし、５人《にん》のほうを見《み》てから嵐《あらし》の中《なか》をのろのろ歩《ある》いていった。

どういうわけか、ポーは、こいつとはもう二度《にど》と会《あ》うことがない気《き》がした。

「もう1回《かい》やってみようよ」ジョディはマイケルをトライデントのところまで連《つ》れていき、うまくいきますようにといのって、鼻《はな》にさっとキスをした。それから、リードを地面《じめん》に置《お》くと、その場《ば》をはなれた。

ほんの数秒後《すうびょうご》、また稲妻《いなずま》が落《お》ちた。

今度《こんど》はねらいどおりだった。マイケルGは変身《へんしん》して……ついに茶色《ちゃいろ》いムーシュルームになった。

「**モー？**」マイケルはそう鳴《な》くと、

大《おお》きな目《め》でふしぎそうに5人《にん》を見《み》た。
「あの顔《かお》を見《み》てよ！」
テオはクスクス笑《わら》った。
　みんなも同《おな》じように笑《わら》った。

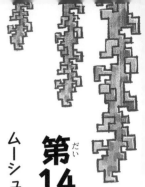

第《だい》14章《しょう》

ムーシュルームをたのんだのは、どのウィッチ？

マイケルGの姿《すがた》を見《み》ると、ウィッチは大《おお》はしゃぎだった。小屋《こや》のドアからファファファファと笑《わら》ったのだ。そして、ポーチから下《お》りてくると、特別《とくべつ》に用意《ようい》した檻《おり》までうれしそうにスキップしていった。**檻《おり》の床《ゆか》には菌糸《きんし》がしかれ、すみっこには小《ちい》さなキノコが生《は》えている。**ジョディは少《すこ》しのあいだ、マイケルはここで幸《しあわ》せに暮《く》らせるかもしれないと思《おも》った。

けれど、ウィッチが檻《おり》のゲートを開《あ》けると、ジョディはためらった。待《ま》ちきれない

ウィッチがマイケルのリードに手《て》をのばす。ジョディにも、もうどうしようもないことはわかっていた。「ごめんね、マイケル」ジョディはマイケルにあやまると、**リードをウィッチにわたした。**マイケルは新《あたら》しい檻《おり》に入《い》れられ、カギがかけられた。

「**この子《こ》はマイケルGっていうんだ。**小麦《こむぎ》がすきで、頭《あたま》をぽんぽんとやさしくたたかれると喜《よろこ》ぶ。ちゃんとかわいがってよ」テオがいった。

「かわいがるか、ファ、いたずらするか、ファン」とウィッチ。

ウィッチはぎらぎら光《ひか》る**ネザライトの剣《けん》**をかまえた。

「そんなもの、なにに使《つか》う気《き》？」あとずさりしながらジョディがたずねた。

「強力《きょうりょく》な魔法《まほう》を、ファ、かける。**材料《ざいりょう》**が、ファン、たくさんある。ニワトリの羽根《はね》。羊《ひつじ》の、ファファ、ウール。ヤギの角《つの》、ファーン」**ウィッチは悪《わる》そうな顔《かお》でにやりと笑《わら》った。**「それから……**剣《けん》で殺《ころ》された**……茶色《ちゃいろ》いムーシュルームの……革《かわ》」

「殺《ころ》す!?」ジョディが大声《おおごえ》を出《だ》した。

「ウィッチはマイケルGを殺《ころ》して、革《かわ》をとるつもりなん

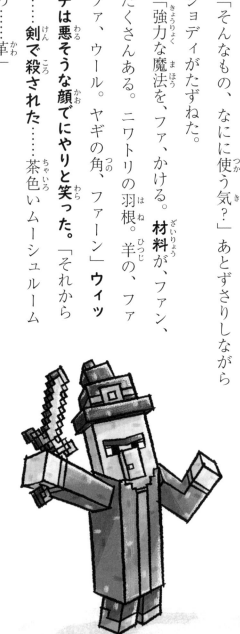

だ！」とモーガン。

「そんなことはさせないぞ」テオが剣《けん》をかまえた。

それでも、ウィッチはにやにや笑《わら》っていた。「弱《よわ》い、おまえたち」

「ウィッチのいうとおりだわ。わたしたちは弱体化《じゃくたいか》したままよ」と
ハーパー。

「そう思《おも》って、友《とも》だちを呼《よ》んでおいたのさ」ポーがいった。

5人《にん》のあいだから登場《とうじょう》したのは、**アッシュだった。アッシュはすぐに剣《けん》を振《ふ》るった。**

見事《みごと》な一撃《いちげき》。ウィッチはたじろぎ、赤《あか》く光《ひか》りながら「プポゥ」とさけんだ。アッシュはみんなのようにデバフされていないので、いまの攻撃《こうげき》でしっかりダメージを与《あた》えることができたのだ。

アッシュがたずねた。「ほんとうにこれでいいの？　わたしがウィッチをたおしちゃったら……みんなはなおらないかもしれない

わよ」

「いいの」とジョディ。

「**マイケルがひどい目《め》にあうなんてだめだ。**そんなの……そんなのはまちがってるよ」テオがいった。

「わかったわ。じゃあ、みんなは檻《おり》を開《あ》けて！　わたしがウィッチを引《ひ》きつけておくから」アッシュはそういうと、ふたたび剣《けん》をかまえた。

「ハァー！」ウィッチは5人《にん》に向《む》かってスプラッシュポーションを投《な》げてきた。

「ばらばらになるんだ！」モーガンの声《こえ》に合《あ》わせて、全員《ぜんいん》がべつべつの方向《ほうこう》にちらばった。

しかし、テオは動《うご》きが遅《おそ》すぎて、背中《せなか》にポーションをあてられてしまった。「**うわー！**」

「**わたしが相手《あいて》よ！**」アッシュがもう一度《いちど》剣《けん》を振《ふ》るう。

ジョディはテオのもとへかけ寄《よ》った。「だいじょうぶ？」

「平気《へいき》さ。それより、マイケルを逃《に》がさないと！」テオがはっきりとした声《こえ》で答《こた》えた。

ジョディはチャンスをうかがっていた。アッシュが剣《けん》を振《ふ》るうとウィッチは影《かげ》の中《なか》に消《き》えた。いまだ！　ジョディは動《うご》きだし、マイケルの檻《おり》まで走《はし》っていって、ゲートを開《あ》けた。

「**さあ、逃《に》げて！**」ジョディがさけぶ。

オウムが頭上《ずじょう》を飛《と》んでいき、キツネがジョディの横《よこ》を走《はし》りぬけていった。ほかのみんなも並《なら》んだ檻《おり》から動物《どうぶつ》たちをどんどん逃《に》がしていった。モーガンもパンダの赤《あか》ちゃんの檻《おり》に向《む》かって急《いそ》ぐ。

そのとき、モーガンのすぐうしろの暗《くら》がりから、ウィッチが音《おと》も立《た》てずにあらわれた。

「モーガン！」ジョディがさけんだときには、**ウィッチはもうポーションを投《な》げていた**。モーガンにあたって、フラスコがくだける。ウィッチはまた姿《すがた》を消《け》した。

「まったくついていけないわ！」アッシュはジョディの横《よこ》を走《はし》りぬけると、影《かげ》という影《かげ》に向《む》かって剣《けん》を振《ふ》った。「どうしてあのウィッチはあんなに速《はや》く動《うご》けるの？」

おかしなことに、ウィッチはアッシュにほとんど興味《きょうみ》を示《しめ》さなかった。ウィッチは、アッシュの剣《けん》が届《とど》かない距離《きょり》にいて、反撃《はんげき》もせず、**アッシュの頭《あたま》ごしにつぎつぎ**

とポーションを投《な》げてくる。

テオとモーガンにはすでにポーションがあたっていた。

つぎはハーパー。

それから、ジョディにあたった。

しかしおどろいたことに……痛《いた》くなかった。

それどころか……気分《きぶん》がいい。

「あれは、なんのスプラッシュポーションなの？」ジョディがたずねる。

テオとハーパーは顔《かお》を見《み》あわせた。「**さっきより力《ちから》が出《で》てきた気《き》がする**」とハーパー。

「もとどおりになるよう、ウィッチがバフをかけてくれたんだ」テオが答《こた》えた。

「どういうこと？」剣《けん》を振《ふ》りながらアッシュがたずねた。

「つまり……ウィッチがぼくらをなおしてくれたってことだ！

アッシュ、ストップ！」モーガンが声《こえ》をかけた。

アッシュはぎりぎりのところで剣《けん》を止《と》めた。あと少《すこ》しでウィッチに剣《けん》があたるところだった。

ウィッチは、ファファファファと笑《わら》った。でも、今度《こんど》は悪《わる》そうな笑《わら》い声《ごえ》ではなく、その声《こえ》には友《とも》だちのような親《した》しみが感《かん》じられる。

アッシュは剣《けん》をかまえたまま、ウィッチから目《め》をはなそうとしなかった。「わけがわからないわ。あなたはここでなにをしてるの？」

「ファー、試《ため》してる。たしかめてる……きみらが世話《せわ》するか、たしかめてる。生身《なまみ》の人間《にんげん》が……この動物《どうぶつ》たちのめんどうを見《み》られるかどうか」そういうと、ウィッチはまわりにいる動物《どうぶつ》のモブたちに向《む》かってうでを振《ふ》った。

アッシュは剣《けん》を下《お》ろした。「もちろん、世話《せわ》をするわ」

ジョディもうなずいた。「わたしたち全員《ぜんいん》、めんどうを見《み》られるよ。そうでしょ、みんな?」

テオが前《まえ》に出《で》てきて、ジョディの肩《かた》に手《て》を置《お》いた。「もちろんさ」

ウィッチはうなずいて、さっきよりも静《しず》かに、ファファファと笑《わら》い、みんなをひとりずつ緑色《みどりいろ》の目《め》で見《み》ていった。「ファーン……動物《どうぶつ》たちをかわいがって。おたがいに、ファ、やさしくして。つぎは、ハーン、思《おも》いやりが、ハァー、必要《ひつよう》になる」ウィッチの緑色《みどりいろ》の目《め》がきらめいた。

「**ハチを守《まも》って**」

「ハチを守《まも》って? どういうこと?」ハーパーがたずねた。

ウィッチは答《こた》えなかった。まるでさよならをいうかのように、

ただ片手《かたて》をあげると、動物《どうぶつ》たちに向《む》かってその手《て》を振《ふ》った。するとうでがゆっくりと光《ひか》りはじめ……こなごなになり、うずをまくチョウチョウの群《む》れに変《か》わった。チョウたちはアッシュの上《うえ》を通《とお》りすぎ、ジョディのまわりを回《まわ》って、**空《そら》に舞《ま》いあがった**。

にごった沼《ぬま》の上《うえ》には、エヴォーカー・キングの右《みぎ》うでが残《のこ》されていた。

ジョディは夜空《よぞら》に向《む》かって**誓《ちか》った**。「この子《こ》たちのめんどうをちゃんと見《み》るよ。この世界《せかい》を大事《だいじ》にする。たとえデジタルの世界《せかい》でも……わたしたちには本物《ほんもの》だから」

「そうだ、そうだ」テオが賛成《さんせい》した。

雲《くも》の切《き》れ間《ま》から、**新《あたら》しい希望《きぼう》が胸《むね》に押《お》しよせてくるようだ**。

ところがそのとき、空《そら》にあのキズが見《み》えた。前《まえ》よりもずっと大《おお》きくなっている。

ジョディは思《おも》わず不安《ふあん》になった。みんなの大《だい》すきなこのマインクラフトの世界《せかい》が……ものすごく危険《きけん》な場所《ばしょ》になってしまうかもしれない。

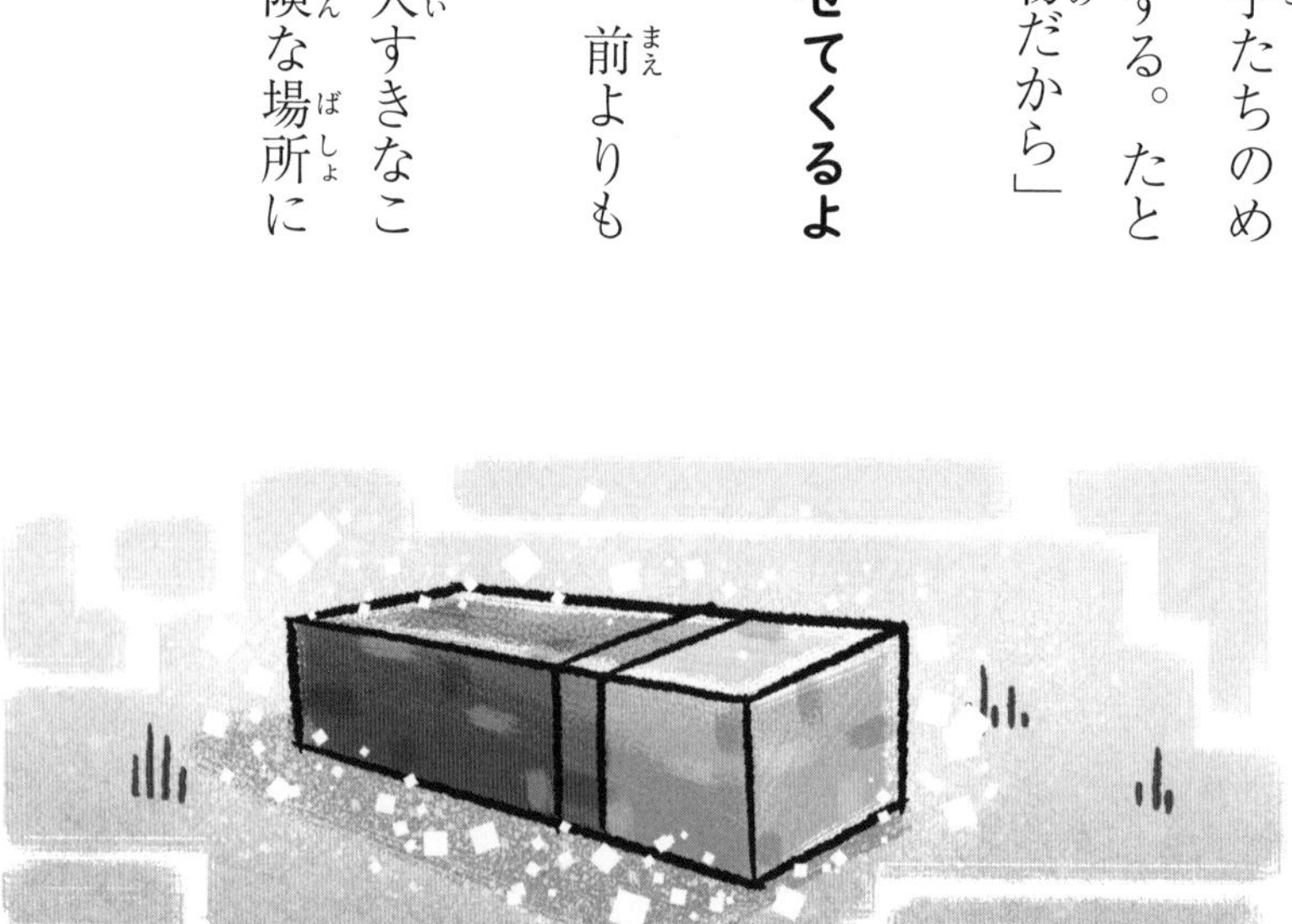

第《だい》15章《しょう》
大《おお》いなるハムスターには……大《おお》いなる責任《せきにん》がともなう！

その週《しゅう》、ジョディはずっと、スイートチークス男爵《だんしゃく》がもとどおりになおるよう世話《せわ》をした。近所《きんじょ》の犬《いぬ》たちの散歩《さんぽ》も続《つづ》けていたが……全員《ぜんいん》を同時《どうじ》に散歩《さんぽ》させないようにした。**一度《いちど》に１匹《ぴき》か２匹《ひき》だと前《まえ》よりも時間《じかん》はかかるけど、ジョディは、こんなにたくさんの動物《どうぶつ》たちといっしょに休《やす》みをすごせてうれしかった。**

ジョディが、ペットを飼《か》わないことにしたと伝《つた》えると、両親《りょうしん》はおどろいた。いまはまだ、そんなに大《おお》きな責任《せきにん》を果《は》たせるかどうかわからないし、果《は》たせたとしても、モーガンをつらい目《め》にあわせるわ

けにはいかない。モーガンのアレルギーはかなり重《おも》そうなのだ（それに、くしゃみのたびに口《くち》をおおってくれるわけでもない）。

その週末《しゅうまつ》、ストーンソード図書館《としょかん》でなにが待《ま》っているのかを、ジョディは想像《そうぞう》もしていなかった。仲間《なかま》たちが、マロリーさん、ミス・ミネルヴァ、ドクといっしょにミーティングルームに集《あつ》まっていたのだ。**スイートチークス男爵《だんしゃく》もそこにいた**し、アッシュもテオのノートパソコンとつながっていた。

そして、なんといっても、ミーティングルームのまん中《なか》のテーブルには、りっぱなリボンのついた大《おお》きなプレゼントが置《お》いてあった。

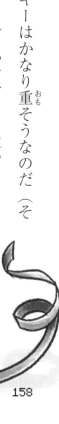

「これはモーガンのアイデアなんだ。先生《せんせい》たちも、ジョディならだいじょうぶ、といってくれた」

そう説明《せつめい》すると、マロリーさんはプレゼントをジョディの前《まえ》に持《も》ってきた。**「さあ、開《あ》けてごらん」**

プレゼントのラッピングをはがして中身《なかみ》を見《み》たジョディは、思《おも》わず息《いき》をのんだ。

新《あたら》しいハムスターのケージだ……中《なか》には新《あたら》しいハムスターもいる！

「これで公平《こうへい》だと思《おも》うんだ。ウッズワード校《こう》のクラスにはハムスターが1匹《ぴき》いる。じゃあ、ストーンソード図書館《としょかん》にも1匹《ぴき》いていいじゃないかってね」マロリーさんがいった。

「ジョディならこの子《こ》のめんどうを見《み》られ

るって思《おも》うんだよ。大人《おとな》に見守《みまも》ってもらい、友《とも》だちにも手伝《てつだ》ってもらいながら、ペットを飼《か》う練習《れんしゅう》ができるようにしたんだ」とドク。

ミス・ミネルヴァがつけ足《た》した。「この子《こ》は図書館《としょかん》にいるけど、**ジョディが責任《せきにん》を持《も》って世話《せわ》するのよ。名前《なまえ》もジョディがつけなさい**」

ジョディはうれしくて泣《な》きそうだった。**ハムスターのほお……かわいい小《ちい》さなしっぽ……まるで夢《ゆめ》がかなったようだ。**

「ちゃんとめんどうを見《み》るからね」ジョディはハムスターにそう約束《やくそく》した。

モーガンがジョディの肩《かた》に手《て》を置《お》いた。「ジョディならしっかりやれるよ。それでいつか、ひとりで子犬《こいぬ》や子《こ》ネコを飼《か》えるようになったら……ぼくがアレルギーの注射《ちゅうしゃ》を打《う》つさ」

ジョディは目《め》を丸《まる》くした。「**あんなに注射《ちゅうしゃ》の針《はり》をこわがってるのに！**」

モーガンは顔《かお》を赤《あか》らめた。「まあ、たしかに、こわいよ。でも、そんなことでジョディの幸《しあわ》せをじゃまできないさ」

ジョディはモーガンにぎゅっと抱《だ》きついた。それから、部屋《へや》を回《まわ》って、みんなとハグしたり、こぶしを合《あ》わせたり、ハイタッチしたりした。ノートパソコンの画面《がめん》に映《うつ》るアッシュの鼻《はな》をトンとたたき、スイートチークス男爵《だんしゃく》のふわふわの頭《あたま》をぽんぽんとなでた。

それからジョディは、ストーンソード図書館《としょかん》の新《あたら》しい仲間《なかま》を抱《だ》きしめた。「ようこそ、**ディンプルズ公爵夫人《こうしゃくふじん》**。大《だい》すきだよ！」

ディンプルズ公爵夫人《こうしゃくふじん》を歓迎《かんげい》しようと、みんなが集《あつ》まってきた。ジョディは、喜《よろこ》びでいっぱいのこの瞬間《しゅんかん》をずっと忘《わす》れないだろう。

だが、ハーパーの目《め》つきから、なにかを心配《しんぱい》しているようすがかすかに伝《つた》わってきた。モーガンも耳《みみ》をぽりぽりかいている。これは、心配《しんぱい》ごとがあるときに、モーガンがたまにするしぐさだ。

あのウィッチは「**ハチを守《まも》って**」といっていた。それがどんな意味《いみ》かわからないが、そのなぞをすぐに解《と》きあかさなくてはならない。

エヴォーカー・キングのパーツはあと3つ。マインクラフトの世界《せかい》の友《とも》だちをもとどおりにすること。それがわたしたちの果《は》たさなければならない責任《せきにん》だ。これ以上《いじょう》ぐずぐずしてはいられない。ジョディにはそのことがわかっていた。

そのために仲間《なかま》たちは、いままでよりもマインクラフトの奥深《おくふか》くに進《すす》まなくては。

MINECRAFT

マインクラフト

木《き》の剣《けん》のものがたり

❶ ゲームにとびこめ！

マインクラフトが大すきな５人の仲間たちが、現実からゲームの世界に入りこんじゃった！　これはもうゲームじゃない。みんなで探検し、いろいろなものをつくって、生きのころう！

❷ コウモリのなぞ

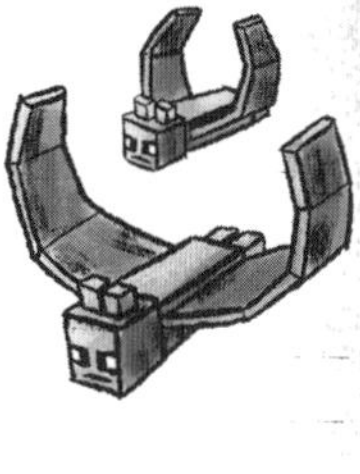

ゲームの中ではゾンビの群れにおそわれ、現実世界ではコウモリが学校に飛びこんできた！　仲間たちは力を合わせて、移動するモンスターたちのなぞを解きあかす。

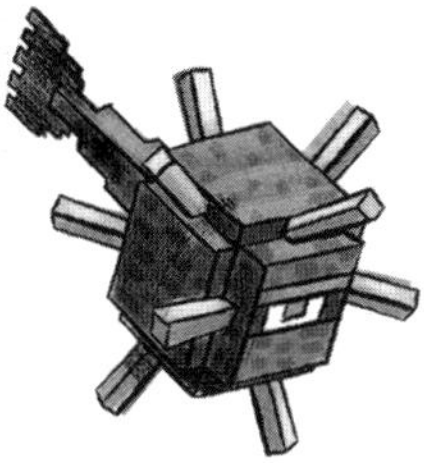

❸ かいていのひみつ

ほんとうにマインクラフトの世界に入れる仲間たち。海洋バイオームにもぐっていくと、ふしぎな美しい世界が広がっていた。宝の地図にさそわれて、冒険と探検に出発するが、そこでは、なぞのエヴォーカー・キングがしかけたわなが待ちうける……。

❹ きかいのはんらん

ジョディ、アッシュ、モーガンたちは、ぶきみな敵、エヴォーカー・キングの正体をつきとめようと、現実世界にもどる。エヴォーカー・キングって、いったいなにもの？　エヴォーカー・キングって、ゲームの中から出てこられるの？

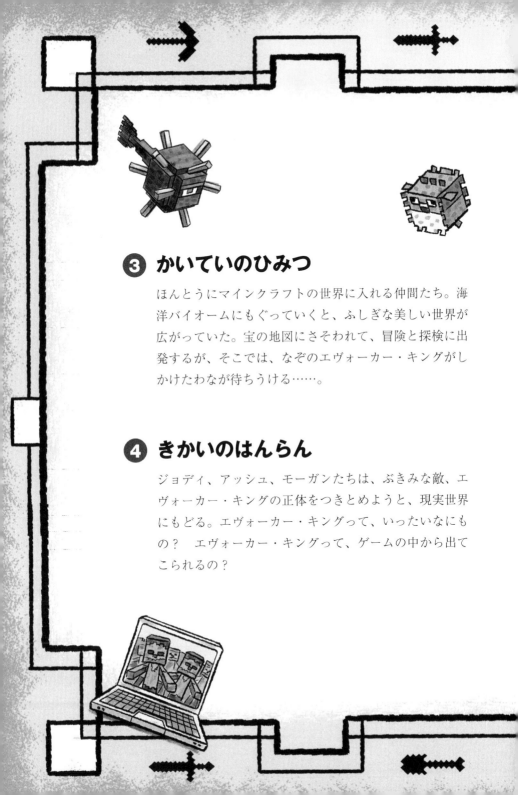

❺ ダンジョンにもぐれ！

ポーとモーガンたちは、エヴォーカー・キングを追いかけて、おそろしいダンジョンの中へ中へと入り込む。そこには、ドラゴンや敵対モブなど危険がいっぱい。さあ、ファンタジーの大冒険へ出発だ！

❻ さいごのたたかい

マインクラフトの世界がエヴォーカー・キングに支配されてしまった！　仲間たちは最後のたたかいにいどむ。マインクラフトでいちばん強力な「いしずえの石」をもつエヴォーカー・キングを、はたしてたおせるか？

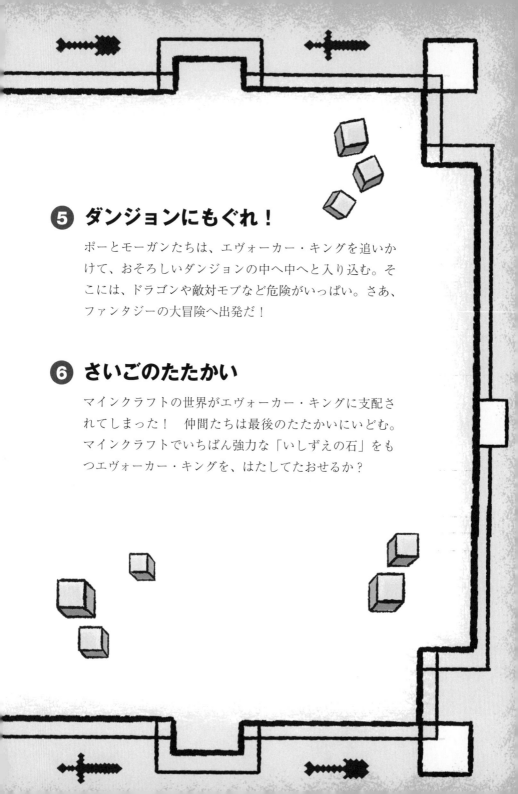

そして冒険《ぼうけん》は続《つづ》く

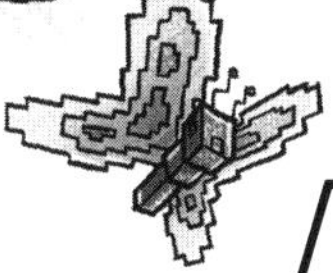

MINECRAFT
マインクラフト

石《いし》の剣《けん》のものがたり

❶ おかしなコード

なにものかによって石にされたエヴォーカー・キング。べんりなMODを使える新入りのテオは、エヴォーカー・キングを助けようとする。でも、テオがゲームのコードをいじったせいで、みんなやられちゃいそう！　テオはほんとうにみんなの仲間になれるのか？

❷ モブのたくらみ

ポーとハーパーたちは、深い地底にもぐり、危険なクモの巣へと立ちむかう。でもそれはまだ楽なほう。現実世界ではポーが児童会長に立候補したものだから、さあ、たいへん！

仲間たちを
さらなる冒険が
待ち受ける……!

MINECRAFT《マインクラフト》はブロックを使いながら冒険するゲーム。プレイヤーは山脈、洞窟、海、ジャングル、砂漠でできたはてしない世界で、ものをつくったり、遊んだり、探検したりできる。ゾンビをたおしたり、夢のようなケーキを焼いたり、危険なエリアを調査したり、超高層ビルを建てたりするのもＯＫだ。マインクラフトでどんな冒険をする？　それは、きみしだい！

ニック・エリオポラス（文）

作家、物語デザイナー。ニューヨーク市ブルックリン在住。読書とゲームが大好き。大親友といっしょに「Adventurers Guild」シリーズを執筆するいっぽう、小さなビデオゲーム制作会社で物語《ナラティブ》デザイナーとして働いている。もう何年もマインクラフトで遊んでいるのに、いまだにエンダーマンにびびってしまう。

アラン・バトソン（絵）

イギリス人。マンガ家、イラストレーターとして活躍。立方体と外国を旅するのが大すきなので、最近ではマインクラフトの世界を冒険するいろいろな本のイラストを手がけている。ほかにも『Everything I Need to Know I Learned from a Star Wars Little Golden Book』『Everything That Glitters is Guy!』『Spider-Ham』といった作品で挿絵を担当している。

クリス・ヒル（絵）

イラストレーター。妻と２人の娘とイギリスのバーミンガム在住。大好きなイラストの仕事を25年も続けている！　休みの日には、家族とすごしたり、飼い犬がへとへとになるほど長い散歩をしたり。ひまなときは、オートバイに乗って風を感じながら、つぎはどんなイラストをかこうかと考えている。

【日本語版制作】
翻訳協力：株式会社リベル
編集・DTP：株式会社トップスタジオ
担当：村下 昇平・細谷 謙吾

■お問い合わせについて

本書の内容に関するご質問につきましては、弊社ホームページの該当書籍のコーナーからお願いいたします。お電話によるご質問、および本書に記載されている内容以外のご質問には、一切お答えできません。あらかじめご了承ください。また、ご質問の際には、「書籍名」と「該当ページ番号」、「お名前とご連絡先」を明記してください。

●技術評論社 Web サイト
https://book.gihyo.jp

お送りいただきましたご質問には、できる限り迅速にお答えをするよう努力しておりますが、ご質問の内容によってはお答えするまでに、お時間をいただくこともございます。回答の期日をご指定いただいても、ご希望にお応えできかねる場合もありますので、あらかじめご了承ください。なお、ご質問の際に記載いただいた個人情報は質問の返答以外の目的には使用いたしません。また、質問の返答後は速やかに破棄させていただきます。

マインクラフト ペットをすくえ!
石《いし》の剣《けん》のものがたりシリーズ③

2023年12月12日　初版　第1刷発行

著　者　ニック・エリオポラス、アラン・バトソン、
　　　　クリス・ヒル
訳　者　酒井《さかい》 章文《あきふみ》
発行者　片岡 巌
発行所　株式会社技術評論社
　　　　東京都新宿区市谷左内町21-13
　　　　電話　03-3513-6150　販売促進部
　　　　　　　03-3513-6177　第5編集部
印刷／製本　図書印刷株式会社

定価はカバーに表示してあります。

ISBN978-4-297-13881-3 C8097